VOLTAIRE A PARIS

PAR

EDOUARD DAMILAVILLE

RÉCIT COMPLET ET DÉTAILLÉ
DE L'ARRIVÉE ET DU SÉJOUR DE VOLTAIRE A PARIS EN 1778
SA DERNIÈRE MALADIE — SA MORT

suivi de

L'HISTOIRE POSTHUME DE VOLTAIRE

SÉPULTURE — APOTHÉOSE — VOLTAIRE A LA VOIRIE

Pages extraites des écrivains et des mémoires du 18e siècle
avec notes historiques, bibliographiques et littéraires

PARIS

LIBRAIRIE SANDOZ & FISCHBACHER

NEUCHATEL | GENÈVE
LIBRAIRIE J. SANDOZ | LIBRAIRIE DESROGIS

1878

VOLTAIRE A PARIS

VOLTAIRE A PARIS

PAR

EDOUARD DAMILAVILLE

RÉCIT COMPLET ET DÉTAILLÉ
DE L'ARRIVÉE ET DU SÉJOUR DE VOLTAIRE A PARIS EN 1778
SA DERNIÈRE MALADIE — SA MORT

suivi de

L'HISTOIRE POSTHUME DE VOLTAIRE

SÉPULTURE — APOTHÉOSE — VOLTAIRE A LA VOIRIE

Pages extraites des écrivains et des mémoires du 18e siècle
avec notes historiques, bibliographiques et littéraires

PARIS

LIBRAIRIE SANDOZ & FISCHBACHER

NEUCHATEL   GENÈVE

LIBRAIRIE J. SANDOZ   LIBRAIRIE DESROGIS

1878

NEUCHATEL. — IMPRIMERIE ATTINGER.

I

Départ de Voltaire pour Paris

1778

On avait commencé d'assurer à M. de Voltaire que la reine, *Monsieur,* Mgr le comte d'Artois, toute la cour, avaient la plus grande envie de le voir; et, dès lors, il arrivait à Ferney de prétendues lettres de Versailles et de Paris, remplies des choses les plus flatteuses et les plus agréables pour M. de Voltaire, et de celles du Roi même, pour l'engager d'aller à Paris.

Enfin, MM. de Villette[1] et de Villevieille, Mme Denis

---

[1] Il avait épousé, en novembre de l'année précédente, Mlle de Varicourt, la protégée de Voltaire et de Mme Denis. Voici comment le patriarche annonçait cette union à son vieil ami, le comte d'Argental : « Notre chaumière de Ferney n'est pas faite pour garder des filles. En voilà trois que nous avons mariées, Mlle Corneille, sa belle-sœur Mlle Dupuits, et Mlle de Varicourt, que M. de Villette nous enlève. Elle n'a pas un denier, et son

et Mme Villette, firent tout ce qu'ils purent pour
persuader à ce vieillard que sa tragédie *(Irène)* tombe-
rait, s'il n'allait pas lui-même à Paris pour la faire
jouer et conduire les acteurs; que c'était l'occasion
du monde la plus favorable, puisque la cour, suivant
les lettres qu'on lui montrait, était si bien disposée à
son égard; que ce voyage convenait à sa gloire, et
pour dissuader les trois quarts de l'Europe, qui pen-

---

mari fait un excellent marché : Il épouse de l'innocence, de la
vertu, de la pudeur, du goût pour tout ce qui est bon, une éga-
lité d'âme inaltérable, avec de la sensibilité; le tout orné de
l'éclat de la jeunesse et de la beauté. » (Lettre du 5 novembre
1777.) Mlle Reine-Philiberte de Varicourt était née à Pougny,
le 3 juin 1757. Les Varicourt, beaux-frères des Crassy, que la
reconnaissance avait fait les assidus de Ferney, avaient saisi
l'occasion de leur parenté pour entrer en relations avec Voltaire, qui leur fit le plus cordial accueil. Rappelons qu'en 1760 il
avait avancé 15,000 francs pour dégager les biens des mineurs
de Crassy, dont les Jésuites d'Ornex s'étaient emparés. Mlle de
Varicourt avait un frère, qui mourut évêque d'Orléans en 1822.
Quelques mots maintenant sur Villette. Né à Paris en 1736,
il était fils d'un trésorier des guerres, qui lui laissa 40,000 écus
de rente, avec une terre érigée en marquisat. Il embrassa la carrière militaire, puis se retira du service avec le grade de maré-
chal-général de la cavalerie. C'est sur la recommandation de sa
mère, amie intime de Voltaire, qu'il se présenta à Ferney en
1765. Nommé, par le département de l'Oise, député à la Convention, il était malade lors du procès de Louis XVI; il se fit
porter à l'Assemblée, vota contre la mort et ensuite pour le sur-
sis à l'exécution. Mort le 9 juillet 1793. On a de lui : *Œuvres
poétiques* (1788, in-8°), *Lettres sur les principaux événements de la*

saient qu'il ne lui était pas permis de retourner dans le lieu de sa naissance[1]; qu'il consulterait à Paris M. Tronchin sur sa santé; qu'étant presque obligé d'aller à Dijon pour un procès, il n'aurait plus qu'autant de chemin à faire, etc., etc.

Toutes ces raisons, toutes ces sollicitations et ces manœuvres déterminèrent enfin ce vieillard à entreprendre ce voyage funeste. On convint que sa nièce, M. et Mme de Villette partiraient les premiers; que tous logeraient chez M. de Villette, et que M. de Voltaire ne resterait que six semaines à Paris. .

Révolution (1792, in-8°). — « La mère de Villette avait été fort à la mode et galante. C'est pour lui plaire, nous apprend Duclos, qu'Helvétius, qui était beau comme le jour, fit le livre de l'*Esprit*. Voltaire l'avait beaucoup connue aussi; et Villette partait de là pour se croire et se dire son fils.» (Grimm, *Corresp. litt.* T. X, p. 28; XI, p. 325.) «Nous ne savons à quel point la prétention pouvait se soutenir. Villette n'est pas le seul qu'on donne assez gratuitement à Voltaire, et le libraire Lambert passait également pour le fils du poète, sans que rien, toutefois, de sérieux ne vînt corroborer cette étrange supposition. » Gustave DESNOIRESTERRES, p. 99 de *Retour et mort de Voltaire*. Note.

(E. D.)

[1] Cette idée était si universelle que le roi de France lui-même en était persuadé, et le dit à M. le prince de Beauvau qui le croyait aussi. C'est ce que M. de Voltaire apprit de la bouche de M. de Beauvau en ma présence. On dit même qu'à cette occasion, Sa Majesté eut la curiosité de faire compulser les registres des lettres de cachet, pour s'assurer de ce qui en était, et qu'on n'y trouva rien de ce qu'on y cherchait. (Note de l'auteur.)

Ils partirent le 3 février 1778, et M. de Voltaire, avec moi, le 5 à midi, sans autre domestique que son cuisinier.

La douleur et la consternation étaient dans Ferney lorsque M. de Voltaire en sortit. Tous les colons fondaient en larmes et semblaient prévoir leur malheur. Lui-même pleurait d'attendrissement. Il leur promettait que dans un mois et demi, sans faute, il serait de retour, et au milieu de ses enfants. Il est si vrai que c'était là son intention, qu'il ne mit aucun ordre à ses affaires, et n'enferma ni les papiers de sa fortune, ni ceux de littérature.

Nous allâmes coucher à Nantua. Etant arrivés à Bourg en Bresse, pendant qu'on changeait les chevaux, il fut reconnu, et dans l'instant toute la ville se rassembla autour du carrosse, et M. de Voltaire ne put même satisfaire à quelques besoins qu'en se faisant enfermer à la clef dans une chambre du rez-de-chaussée de la maison.

Le maître de la poste voyant que le postillon avait attelé un mauvais cheval, lui en fit mettre un meilleur, et lui dit avec un gros juron : *Va bon train, crève mes chevaux, je m'en f...., tu mènes M. de Voltaire.* Ce propos fit plaisir aux spectateurs. On partit au milieu de leurs cris et leurs acclamations. M. de Voltaire ne pouvait s'empêcher d'en rire lui-même, quoiqu'il se vît dépouillé, en cette occasion, de l'*incognito* qu'il s'était proposé de garder dans toute la route.

Nous passâmes la seconde nuit à Senecey, et la troisième à Dijon, où, dès son arrivée, M. de Voltaire alla voir quelques conseillers et le rapporteur du procès qu'il soutenait pour Mme Denis. Plusieurs personnes de la première distinction vinrent pour le visiter; d'autres payaient les servantes de l'auberge pour qu'elles laissassent la porte de sa chambre ouverte. Quelques-uns mêmes voulurent s'habiller en garçons de cabaret, afin de le servir et de le voir par ce stratagème[1].

Le lendemain, nous allâmes coucher à Joigny, et de là nous comptions arriver le même jour à Paris; mais l'essieu du carrosse se rompit à une lieue et demie de Moret. On y envoya un postillon qui y trouva M. de Villette, qui venait seulement d'arriver

---

[1] « Il était descendu à l'hôtel de la *Croix-d'Or* (aujourd'hui auberge *Lavier*). Cette maison, qui porte le N° 18 de la rue Guillaume, a conservé presque intégralement son antique physionomie. Elle est la moins élevée de toutes celles qui l'entourent; ses fenêtres sont étroites et irrégulières. A l'entrée, on remarque encore une porte à consoles, XVme siècle, surmontée d'un écusson à trois têtes de bœuf.

(Gustave Desnoiresterres. *Voltaire et la société au XVIIIme siècle. Retour et mort de Voltaire*, p. 190. — Paris, Didier et Ce, 1876.)

(E. D.)

et qui vint nous prendre dans sa voiture, après quoi il repartit avec sa compagnie.

WAGNIÈRE [1]. Relation du voyage de M. de Voltaire, à Paris, en 1778, et de sa mort. T. I des *Mémoires sur Voltaire et sur ses ouvrages*, par LONGCHAMP et WAGNIÈRE. (Paris, Aimé André, 1826. 2 vol. in-8.)

---

[1] Né en Suisse en 1739, mort en 1788. En 1756, il succéda à Colini, comme secrétaire de Voltaire, qui le conserva auprès de lui jusqu'à sa mort.   (E. D.)

II

Arrivée à Paris

Surprise et admiration. — Menées du clergé. — Visite de l'abbé Gautier. — Visite de l'abbé Marthe. — Visite de Franklin. — Députation de l'Académie française. — Députation des comédiens. — Hémorrhagie. — Première représentation d'*Irène*. Nouvelle visite de l'abbé Gautier. — Lettre au curé de Saint-Sulpice. — Sa visite. — Voltaire rétabli se rend à l'Académie. — Ovation. — Voltaire à la Comédie Française. — Nouvelle ovation. — Couronnement de son buste. — Mécontentement de la cour et du clergé. — Visite à l'Académie des Sciences.

(Suite de la *Relation de Wagnière*.)

Enfin, le 10 février, vers les trois heures et demie du soir, nous arrivâmes à Paris.

A la barrière, les commis demandèrent si nous n'avions rien contre les ordres du Roi. «Ma foi, Messieurs, leur répondit M. de Voltaire, je crois qu'il n'y a ici de contrebande que moi. » Je descendis du carrosse pour que l'employé eut plus de facilité à faire sa visite. L'un des gardes dit à son camarade : *C'est, pardieu ! M. de Voltaire.* Il tire par son habit le commis qui fouillait, et lui répète la même chose en me fixant; je ne pus m'empêcher de rire; alors tous regardant avec le plus grand étonnement mêlé de respect, prièrent M. de Voltaire de continuer son chemin.

Il avait joui pendant toute la route de la meilleure santé. Je ne l'ai jamais vu d'une humeur plus agréable; il avait été d'une gaîté charmante. Son grand plaisir était de faire tous ses efforts pour m'enivrer, disant que puisque je n'avais jamais été pris de vin, il serait peut-être fort plaisant de l'être une fois. Il reposait dans sa voiture qui était une espèce de dormeuse. Quelquefois il lisait; d'autres fois c'était mon tour à lire; tantôt il s'amusait à raisonner avec moi, tantôt à me faire des contes à mourir de rire.

Immédiatement après être descendu à l'hôtel de M. de Villette [1], il alla à pied chez M. le comte d'Argental, son ancien ami, qu'il ne trouva pas, et s'en revint [2]. M. d'Argental arriva un moment après, et vit M. de Voltaire qui entrait dans l'appartement qu'on

---

[1] Ancien hôtel Bernières, au coin de la rue de Beaune et du quai des Théatins, aujourd'hui quai Voltaire. Il avait habité jadis cet hôtel avec son ami Thiériot, lors de sa grande intimité avec la présidente de Bernières.   (E. D.)

[2] Les *Mémoires secrets* (Bachaumont), après avoir mentionné la visite à d'Argental, ajoutent : «Il (Voltaire) était dans un accoutrement si singulier, enveloppé d'une vaste pelisse, la tête dans une perruque de laine surmontée d'un bonnet rouge et fourré, que les petits enfants, qui l'ont pris pour un chien-en-lit

lui avait préparé. Il court à lui, et après les premiers embrassements, il lui dit qu'on venait d'enterrer M. Le Kain. M. de Voltaire fit un cri à cette nouvelle.

Le bruit fut bientôt répandu dans Paris que le grand homme y était arrivé [1]. Dès lors, le salon de M. de Villette et la chambre à coucher de M. de Voltaire ne

---

dans ce temps de carnaval, l'ont suivi et hué. » (T. XI, 12 février 1778). Wagnière, dans son *Examen des Mémoires de Bachaumont* (p. 427 des *Mémoires sur Voltaire et sur ses ouvrages,* T. I), nie le *chien-en-lit* et la *perruque de laine.* « La fourrure qui bordait extérieurement son bonnet, dit-il, a pu, de loin, donner lieu à la méprise de quelques personnes qui le virent passer sur le quai des Théatins. »   (E. D.)

[1] « Non, l'apparition d'un revenant, celle d'un prophète, d'un apôtre, n'aurait pas causé plus de surprise et d'admiration que l'arrivée de M. de Voltaire. Le nouveau prodige a suspendu quelques moments tout autre intérêt, il a fait tomber les bruits de guerre, les intrigues de robe, les tracasseries de cour, même la grande querelle des gluckistes et des piccinistes. L'orgueil encyclopédique a paru diminué de moitié, la Sorbonne a frémi, le parlement a gardé le silence, toute la littérature s'est émue, tout Paris s'est empressé de voler aux pieds de l'idole, et jamais le héros de notre siècle n'eût joui de sa gloire avec plus d'éclat, si la cour l'avait honoré d'un regard plus favorable ou seulement moins indifférent. On sait même qu'un mot du roi sur ce retour inattendu pensa détruire tout à coup une si douce ivresse. Sa Majesté demanda si l'ordre qui défendait à Voltaire de revenir à Paris (ordre donné sous le ministère de M. de Saint-Contest) avait été levé. Quoique le roi n'eût rien ajouté de plus, on se pressa de rapporter ce discours à M. de Voltaire et de le lui rapporter de la manière du monde la plus alarmante. Le vieux

cessèrent d'être remplis d'un monde prodigieux. Sa
politesse extrême lui fit recevoir toutes sortes de personnes. Il disait à chacun les choses les plus spiri-
tuelles. Tous le quittaient enchantés. Tous les fai-
seurs de vers et de prose lui en adressèrent et chan-
tèrent son retour dans sa patrie [1].

Dès cet instant on forma le projet de le faire rester
à Paris.

Le surlendemain de notre arrivée, M. le marquis
de Jaucourt [2] vint mystérieusement avertir Mme Denis

malade en fut vivement affecté ; mais l'intention du roi n'avait
jamais été de l'affliger, et grâce à l'empressement de Mme la
comtesse Jules de Polignac, appuyée des bontés de la reine, il ne
tarda pas à être rassuré. » — GRIMM. *Gazette littéraire* (Paris,
Eugène Didier, 1854), p. 247.   (E. D.)

[1] Voici quel était l'ordre du cérémonial : On était introduit
dans une suite d'appartements superbes, dont Mme la marquise
de Villette, maîtresse de l'hôtel, et Mme Denis, nièce de M. de
Voltaire, faisaient les honneurs. Elles tenaient cercle. Un valet
de chambre allait avertir M. de Voltaire à chaque personne qui
venait. M. le marquis de Villette et M. le comte d'Argental,
chacun de leur côté, présentaient ceux que le philosophe ne
connaissait pas, ou dont il avait perdu le souvenir ; il recevait le
compliment du curieux et lui répondait un mot honnête, puis
retournait à son cabinet, dicter à son secrétaire des corrections
pour sa tragédie d'*Irène*. (Les *Mémoires secrets,* T. XI, du 12 février 1788.)   (E. D.)

[2] Neveu du chevalier de Jaucourt, l'encyclopédiste. Le marquis de Jaucourt, né à Paris en 1757, mourut en 1852, ayant
vécu ainsi près d'un siècle. Il avait été membre de l'Assemblée
législative, président du tribunal, sénateur, etc.   (E. D.)

que le retour subit de son oncle à Paris avait occasionné beaucoup d'étonnement à Versailles. On ne put le cacher à M. de Voltaire, et cela lui causa une grande surprise. On intrigua, on fit parler à Mᵐᵉ Jules de Polignac, intime amie de la reine; on engagea M. de Voltaire à lui écrire; elle lui fit une réponse fort honnête; elle vint même le voir, et il fut un peu tranquille. Cependant cette petite aventure lui laissa une forte impression dans son esprit et lui fit faire des réflexions.

Les prêtres commencèrent bientôt aussi à murmurer. Le curé de Saint-Sulpice chercha plusieurs fois à voir et à parler à M. de Voltaire, mais il ne put alors y parvenir.

Le genre de vie que menait ce vieillard depuis son arrivée était exactement contraire à celui qu'il avait embrassé à Ferney depuis vingt ans. Là, il était tranquille, et non assujetti à remplir aucun de ces devoirs gênants de la société, ne voyant presque personne, laissant faire à Mᵐᵉ Denis les honneurs de la maison, jouissant en tout sens de la plus entière liberté, passant une grande partie de son temps dans son lit, à travailler, se promenant en d'autres moments dans ses jardins, dans ses forêts, ou dans ses autres possessions, dirigeant lui-même les travaux de la campagne, goûtant le plaisir de créer et de voir prospérer sa colonie.

Son nouveau genre de vie lui fit bientôt sentir qu'il altérait sa santé; les jambes lui enflèrent de la fatigue de se tenir debout pour recevoir ceux qui venaient le visiter.

Dans ce temps, un ex-Jésuite, nommé l'abbé Gautier, lui écrivit pour lui offrir ses services spirituels, si l'occasion s'en présentait [1]. M. de Voltaire le remer-

[1] Voici la lettre de l'abbé Gaultier (ancien Jésuite, ancien curé de Saint-Marc, dans le diocèse de Rouen, présentement aumônier aux Incurables): « Beaucoup de personnes, Monsieur, vous admirent; je désire du plus profond de mon cœur être de leur nombre; j'aurais cet avantage si vous le voulez, et cela dépend de vous. Il en est encore temps; je vous en dirais davantage si vous me permettiez de m'entretenir avec vous. Quoique je sois le plus indigne de tous les ministres, je ne vous dirai cependant rien qui ne soit digne de mon ministère, et qui ne doive vous faire plaisir. Quoique je n'ose me flatter que vous me procuriez un si grand bonheur, je ne vous oublierai pas pour cela au très saint sacrifice de la messe, et je prierai, avec le plus de ferveur qu'il me sera possible, le Dieu juste et miséricordieux pour le salut de votre âme immortelle, qui est peut-être sur le point d'être jugée sur toutes ses actions. Pardonnez-moi, Monsieur, si j'ai pris la liberté de vous écrire; mon intention est de vous rendre le plus grand de tous les services; je le puis avec le secours de celui qui choisit ce qu'il y a de plus faible pour confondre ce qu'il y a de plus fort. Que je me croirai heureux si votre réponse est analogue aux sentiments avec lesquels, etc.! Gaultier, prêtre. (Lettre de l'abbé Gaultier à Voltaire; à Paris, ce 20 février 1778. *Œuvres complètes de Voltaire,* t. LXX, p. 449. Beuchot).   (E. D.)

Voltaire répondit, dès le lendemain: « Votre lettre, Monsieur, me paraît celle d'un honnête homme, et cela me suffit pour me

cia par écrit. L'abbé vint le voir et laissa son adresse.
Quand il fut parti, je demandai à mon cher maître
s'il était content de ce M. Gautier. Il me répondit que
c'était un bon imbécile.

Quelques jours après la visite de cette abbé, il vint
un autre homme, qui me parut être aussi un prêtre,
mais en habit court. Il me dit qu'il désirait ardemment
de voir M. de Voltaire, qu'il venait de quatre cents
lieues pour cet effet. Cela excita ma curiosité. Je lui
répondis que M. de Voltaire était malade, et qu'il ne
pouvait accorder que des audiences très courtes. Je
demandai à M. de Voltaire la permission de lui présenter cet homme, qui disait venir de si loin pour le
voir. « Eh bien, dit-il, qu'il entre un moment, il
pourra peut-être m'apprendre quelque chose de nouveau. » Je retournai auprès de mon prétendu voya-

déterminer à recevoir l'honneur de votre visite le jour et les
moments qu'il vous plaira de le faire. Je vous dirai la même
chose que j'ai dite en donnant la bénédiction au petit-fils de l'illustre et sage Franklin, l'homme le plus remarquable de l'Amé-
rique : je ne prononçai que ces mots : Dieu *et la* Liberté. Tous
les assistants versèrent des larmes d'attendrissement. Je me flatte
que vous êtes dans les mêmes principes.

» J'ai quatre-vingt-quatre ans ; je vais bientôt paraître devant
Dieu, créateur de tous les mondes. Si vous avez quelque chose
à me communiquer, je me ferai un devoir et un honneur de recevoir votre visite, malgré les souffrances qui m'accablent. »
L'abbé se présenta le jour même (22 février). (E.-D.)

2

geur, et lui demandai son nom et sa patrie. Il me répondit qu'il s'appelait l'abbé Marthe, qu'il était d'Italie, ce qui me causa de la surprise.

Cependant je l'introduisis dans la chambre de M. de Voltaire, qui lui dit d'abord : « Vous avez là, Monsieur, un habit qui ne me paraît pas être celui d'un homme qui vient de quatre cents lieues. » L'abbé lui répondit que ce n'était pas celui qu'il portait ordinairement. Ensuite il supplia M. de Voltaire de permettre qu'il l'entretînt en particulier. Mon cher maître, m'adressant alors la parole ainsi qu'à un serrurier qui raccommodait une sonnette, nous dit de les laisser seuls. Je sortis et me tins à la porte, disant au serviteur d'y rester aussi. Il me prit une grande palpitation, et mon premier mouvement fut de porter machinalement la main à mon couteau.

Un instant après, M. de Voltaire s'écria avec véhémence : « Ah ! Monsieur, que faites-vous ? » L'abbé s'était mis à genoux, en disant : « Monsieur, il faut que tout à l'heure vous vous confessiez à moi, et cela absolument ; il n'y a point à reculer, dépêchez-vous, je suis ici exprès. » Sur ce, M. de Voltaire lui dit : « N'êtes-vous pas Provençal ? » — Non, je suis du Languedoc. — Ce que vous faites prouve que vous êtes au moins de la lisière. Allez-vous-en dans votre

paroisse, y remplir vos devoirs envers Dieu, et laissez-moi remplir les miens dans ma chambre. »

J'étais rentré sitôt que j'eus entendu l'exclamation
de M. de Voltaire. Je vis cet homme à genoux près
du lit, ne voulant pas se relever, et jetant sur moi des
regards étincelants et furieux. Je le pris par le bras,
et le poussai avec violence hors de la chambre. Depuis, il tenta plusieurs fois de revenir dans l'hôtel,
mais on l'avait consigné à la porte[1].

L'envie du curé de Saint-Sulpice de parler à M. de
Voltaire, la lettre et la visite de l'abbé Gautier, l'a-
venture étrange de l'abbé Marthe, firent une singulière
impression sur mon cher maître. Il soupçonna que
tous agissaient de la part de l'archevêque; que les
prêtres, les moines se remuaient et cabalaient contre
lui.

Le célèbre Franklin vint avec son petit-fils, voir

[1] Voici comment Grimm rapporte cette même anecdote : « Le
vieux malade était de bonne humeur; il l'a écouté avec la plus
grande modération, et lui a demandé de *quelle part il venait?* De
quelle part? de la part de Dieu même. Eh bien, Monsieur l'abbé,
vos lettres de créance? Une question si embarrassante et si naturelle l'a tellement confondu, que M. de Voltaire en a eu pitié;
il l'a remis à son aise, lui a parlé avec beaucoup de douceur, et
l'a renvoyé en l'assurant qu'il ne sentait aucun éloignement
pour la confession, mais qu'il choisirait un moment plus propice
pour s'y préparer. » *Gazette littéraire.* (Paris, Eugène Didier,
1854), p. 348, février 1778. (E. D.)

M. de Voltaire, et lui demanda sa bénédiction pour ce jeune homme, qui se mit à genoux. Il la lui donna en prononçant ces mots : *Dieu, Liberté* et *Tolérance;* il le releva en même temps et l'embrassa tendrement. Cette scène touchante fit une profonde impression sur tous ceux qui étaient présents [1].

[1] Lundi, M. de Voltaire n'a point donné d'audience générale, à cause de son indisposition de dimanche ; mais il a reçu quelques personnes en particulier, malgré les soins de M. de Villette à veiller à cette précieuse santé, et empêcher les importuns de pénétrer. Les personnages les plus distingués qui ont eu le bonheur de voir le philosophe, sont le docteur Franklin, Mme Necker, M. l'ambassadeur d'Angleterre et M. Balbastre. On a admiré comment il a varié sa conversation pour des acteurs aussi divers, et surtout avec quelle grâce, quelle vivacité, quel esprit il a cherché à plaire à la femme du directeur général des finances. (*Mémoires secrets,* T. XI, 18 février 1778.) A la date du 22, les *Mémoires secrets,* revenant sur la visite de Franklin, parlent ainsi de la bénédiction donnée au petit-fils du docteur par Voltaire : « Il (Franklin) lui a présenté son petit-fils, et par une adulation indécente, puérile, basse, et même, suivant quelques dévots, d'une impiété dérisoire, il lui a demandé sa bénédiction pour cet enfant. Le philosophe, ne jouant pas moins bien la comédie que le docteur, s'est levé, a imposé la main sur la tête du petit innocent, et a prononcé avec emphase ces trois mots : *Dieu, liberté, tolérance.* » «Il (Franklin) a voulu que je donnasse une bénédiction à son petit-fils, écrit Voltaire au marquis de Florian (Paris, 15 mars 1778). Je la lui ai donnée en disant : *Dieu et la Liberté!* en présence de vingt personnes qui étaient dans ma chambre ». On voit qu'il n'est point ici question, — pas plus que dans la réponse de Voltaire à l'abbé Gaultier, que nous avons citée, — du mot *tolérance.* (E.-D.)

L'Académie française lui fit une députation extraordinaire [1].

Les comédiens vinrent aussi en corps. Il leur dit : « Je ne veux désormais vivre que par vous et pour vous. » Il leur distribua les rôles de sa tragédie d'*Irène*. Il eut bien de la peine à les mettre d'accord, et il fallut beaucoup de négociations pour arranger cette affaire. Enfin, il leur fit faire devant lui une répétition, dans laquelle Mme Vestris fut très peu complaisante pour M. de Voltaire [2].

Le 26 février, à midi et un quart, il me dictait de son lit. Il toussa trois fois assez fort; je me retournai; dans l'instant il me dit : « Oh! oh! je crache du sang. » Et sur le moment le sang lui jaillit par la

[1] Elle se composait de Marmontel, de Saint-Lambert et du prince de Beauvau. (La Harpe, corresp. litt., T. II, p. 202.) (E.-D.)

[2] Samedi, les comédiens ont député vers lui (Voltaire). Le sieur Bellecourt le harangua, et M. de Voltaire lui répondit : « Je ne puis plus vivre désormais que pour vous et par vous. » Se tournant ensuite vers Mme Vestris, il ajouta : « Madame, j'ai travaillé pour vous cette nuit comme un jeune homme de vingt ans. » Il voulait parler des corrections qu'il avait faites à sa tragédie, ce qui l'avait occupé une bonne partie de la nuit. La députation partie, quelqu'un ayant observé que le sieur Bellecourt avait débité son discours d'un ton fort pathétique, et qui avait presque attendri les auditeurs, il répondit : « Oui, nous avons fort bien joué la comédie l'un et l'autre.» (*Mémoires secrets* dits *de Bachaumont*, T. XI, du 16 février 1778.) (E. D.)

bouche et par le nez, avec la même violence que quand on ouvre le robinet d'une fontaine dont l'eau est forcée. Je sonnai : Mme Denis entra; j'écrivis un mot à M. Tronchin. Enfin, toute la maison fut en alarme, et la chambre du malade remplie de monde. Il m'ordonna d'écrire à l'abbé Gautier de venir lui parler, ne voulant pas, disait-il, que l'on jetât son corps à la voierie. Je fis semblant d'envoyer une lettre afin que l'on ne dît pas que M. de Voltaire avait montré de la faiblesse. Je l'assurai qu'on n'avait pu trouver l'abbé. Alors il dit aux personnes qui étaient dans la chambre : « Au moins, Messieurs, vous serez témoins que j'ai demandé à remplir ce qu'on appelle ici ses devoirs. »

M. Tronchin arriva bientôt, il tint le pouls du malade jusqu'au moment qu'il trouva convenable de le saigner. Enfin après avoir perdu environ trois pintes de sang, l'hémorrhagie diminua. Il continua d'en cracher pendant vingt-deux jours en assez grande quantité.

M. Tronchin recommanda au malade de ne point parler, pria les gens de la maison qu'on ne lui parlât pas et qu'on ne laissât entrer personne chez lui. Il envoya une jeune garde-malade très entendue, qui avait le plus grand soin de faire observer les ordonnances et de faire retirer ceux que l'on ramenait dans la chambre, ce qui déplut fort au maître de la maison. On eut soin de faire coucher toutes les nuits un chirurgien auprès de M. de Voltaire[1].

.   .   .   .

[1] Voici quelques détails antérieurs, seulement de quelques jours, à l'hémorrhagie du 26 février, qui se trouvent dans les *Mémoires secrets* : « M. de Voltaire, non moins étonnant au physique qu'au moral, s'est trouvé beaucoup mieux le jeudi. Ses jambes sont désenflées, et il s'est occupé de la distribution des rôles de sa tragédie. Le seul maréchal de Richelieu a eu la permission de le voir relativement à cet objet. C'était un spectacle d'observer ces deux vieillards et de les entendre. Ils sont du même âge à peu près; le duc est un peu plus jeune; mais malgré sa toilette et sa décoration, il avait l'air plus cassé que M. de Voltaire, en bonnet de nuit et en robe de chambre..... Vendredi M. de Voltaire a tellement travaillé, qu'il n'a pas laissé à son secrétaire le temps de s'habiller.

» Mme la comtesse Dubarry s'est présentée l'après-dînée pour le visiter. On a eu bien de la peine à déterminer le vieux malade à la voir. Son amour-propre souffrait de paraître sans toilette et sans préparation devant cette beauté. Il a cédé enfin à ses instances, et réparé par les grâces de l'esprit ce qui lui manquait du côté de l'élégance extérieure. » (T. XI, 22 février 1778.)

« Cela est faux, dit Wagnière, Mme Dubarry lui avait fait écrire, et l'on m'avait écrit aussi pour lui demander la permission de venir le voir; ainsi il l'attendait, et son amour-propre ne fut nullement blessé en cette occasion.» (*Examen des Mémoires de Bachaumont,* p. 434 du T. I des *Mémoires sur Voltaire,* etc.)

Voici maintenant des détails postérieurs à l'hémorrhagie : « Malgré le grand nombre de partisans et d'admirateurs de M. de Voltaire, il a encore plus d'ennemis. Il a contre lui tout le

On donna, dans ce temps (16 mars 1778) la première représentation d'*Irène*. Je fus témoin de la ca-
bale violente contre cette pièce; il me parut qu'elle

parti des dévots et du clergé. Ils sont furieux de l'éclat qu'a fait
son arrivée, et de la sensation incroyable qu'elle a produite : ils
ont cherché d'abord à se prévaloir des défenses qu'ils croyaient
exister, et d'après lesquelles il n'aurait pu reparaître dans la capitale. Ils ont compulsé les registres de la police, ceux du département de Paris, ceux des affaires étrangères, pour voir s'ils
ne trouveraient pas quelques bouts de lettres de cachet dont ils
pussent s'autoriser pour le perdre pieusement dans l'esprit du
roi, déjà très mal disposé contre lui; projet dans lequel ils espéraient être secondés par *Monsieur,* qui, d'avance ne goûtait pas le
coryphée de la philosophie moderne. Malheureusement pour
eux, il fut constaté qu'il n'y a jamais eu d'ordre par écrit qui ait
expulsé M. de Voltaire, et que sa longue absence ne doit s'attribuer qu'à son inquiétude naturelle et à des insinuations verbales
de s'éloigner.

» Sans doute, une foule de ces ouvrages brûlés pouvaient servir de prétexte à lui faire son procès; mais il n'en avait signé
aucun : ce sont des écrits anonymes ou pseudonymes, qu'il a
toujours désavoués, et il faudrait établir une instruction en rè-
gle, qui serait trop odieuse dans ce siècle éclairé, et à laquelle
ne se prêterait pas aujourd'hui le parlement, dans le sein duquel
il a des parents, des amis et des admirateurs.

» Le fanatisme est donc réduit à s'intriguer sourdement d'un
côté, à crier au scandale de l'autre, et à gémir universellement
du séjour de cet apôtre de l'incrédulité dans cette ville. M. l'archevêque, comme le plus intéressé à son expulsion, et le plus
zélé pour la défense de la religion, en a écrit directement au
roi; mais on a représenté à Sa Majesté que ce vieillard, déjà
fatigué de son déplacement dans une pareille saison, d'une longue route et de la multitude de visites qu'il avait reçues, et

était principalement excitée par des gens vêtus en abbés; mais leur voix fut étouffée par des acclamations générales. Il ne manquait à ce spectacle que la cour et l'auteur.

encore plus affecté de déplaire au monarque, ne pourrait retourner à Ferney dans ce moment; que ce serait une inhumanité de l'y contraindre, qu'il en mourrait, et qu'il était de la bonté de Sa Majesté de le laisser repartir de lui-même, ainsi qu'il se le proposait.

» Voilà où en étaient les choses, lorsque M. de Voltaire est tombé sérieusement malade, par l'accident grave du crachement de sang qui lui est survenu. C'est la matière de nouvelles inquiétudes pour les prêtres. Il est question de pénétrer chez le moribond, de le convertir, ou du moins d'en obtenir quelque acte extérieur de religion, dont ils puissent se prévaloir et triompher. a)

« C'est à quoi sont attentifs de leur côté ceux qui l'entouraient; c'est ce qui les obligea de dissimuler leurs inquiétudes et de ne pas laisser transpirer au dehors les nouvelles fâcheuses de son état. On n'en donne le bulletin qu'aux amis connus.

» Il paraît qu'on doit attribuer le crachement de sang qui lui est survenu le mercredi, aux efforts qu'il avait faits le dimanche

---

a) «Vous ai-je mandé, écrivait Mᵐᵉ du Deffand à Walpole, le dimanche 3 mars, qu'il a reçu pendant sa maladie un paquet par la petite poste, qui renfermait un libelle imprimé de soixante pages, le plus outrageant, et qui lui causa la plus violente colère? Ses complaisants voulaient le lui faire jeter au feu avant d'en achever la lecture, qu'il fit tout seul; il dit qu'il voulait le montrer à d'Alembert; je n'ai vu personne à qui il l'ait communiqué. Ce qui est extraordinaire, c'est que l'auteur ou les auteurs n'en fassent part à personne.» *Correspondance complète* (Paris, Plon, 1865), T. II, p. 643, 644.

» Voltaire ne put tout connaître. Jusqu'au plus profond des cloîtres, l'indignation monastique s'escrimait en vers petits et grands contre l'impie, contre l'apostat. On retrouvait, après la révolution, à la Trappe de Mortagne, un recueil de poésie manuscrit partant de 1773, et formant un volume in-8°, où l'on avait réuni tout ce que l'auteur du *Dictionnaire philosophique* avait pu inspirer d'anathèmes rimés au père Théodore, le pieux abbé, au prieur Palémon, aux frères Irénée, Colomban, etc. Voir d'intéressants détails sur ce manuscrit, par Louis Dubois, dans le *Bulletin du bibliophile* (Techener, avril 1842), Vᵉ série, p. 170, 172.» Gustave Desnoiresterres. *Voltaire et la société au XVIIIᵉ siècle. Retour et mort de Voltaire* (Paris, Didier et Cⁱᵉ, 1876), pages 265-266. Note. (E. D.)

Fort peu de temps après, M. l'abbé Gautier vint
chez M. de Villette. On l'introduisit auprès de M. de
Voltaire, qui lui dit : «Il y a quelques jours que je
vous ai prié de venir me voir pour ce que vous
savez. Si vous voulez, nous ferons tout à l'heure cette
petite affaire.» « Très-volontiers, répondit l'abbé.»
Il n'y avait alors dans la chambre que M. l'abbé Mignot, M. le marquis de Villevieille et moi. Le malade
nous dit de rester, mais l'abbé Gautier ne le voulut
pas. Nous sortîmes ; je me tins à la porte, qui ne con-
sistait qu'en un cadre revêtu de papier des deux côtés
et n'avait point de loquet. J'entendis M. de Voltaire
et l'abbé causer un moment ensemble et celui-ci finit
par demander à mon maître une déclaration de sa
main, à quoi il consentit.

Je soupçonnai alors que le confesseur était un émis-
saire du clergé. J'étais au désespoir de la démarche
qu'on exigeait de M. de Voltaire ; je m'agitais près de

précédent, lors de la répétition de sa pièce, qu'il s'est trouvé
obligé de déclamer presque en entier, pour donner à chaque acteur le ton de son rôle. Et comme cet accident était la suite
d'une fatigue extraordinaire, on critiqua les saignées faites en
pareilles circonstances et à son âge. Il ne vit plus personne que
sa famille ; tout travail lui est interdit absolument, et il reste
presque toujours au lit. Il fait bonne contenance cependant, et
rassure les assistants, en disant que ce n'est rien. » (*Mémoires
secrets*, dits *de Bachaumont*, T. XI, p. 145-148, 28 février 1778.)
(E. D.)

la porte et faisais beaucoup de bruit. MM. Mignot et
de Villevielle, qui l'entendirent, accoururent à moi et
me demandèrent si je devenais fou. Je leur répondis
que j'étais au désespoir, non de ce que mon maître
se confessait, mais de ce qu'on voulait lui faire signer
un écrit qui le déshonorerait peut-être.

M. de Voltaire m'appela pour leur donner de quoi
écrire. Il s'aperçut de mon agitation, m'en demanda
avec étonnement la cause. Je ne pus pas lui répondre.

Il écrivit lui-même et signa une déclaration dans
laquelle il disait « qu'il voulait mourir dans la religion
catholique où il était né; qu'il demandait pardon à
Dieu et à l'Eglise, s'il avait pu les offenser » (2 mars)[1].
Il donna ensuite à l'abbé un billet de six cents livres
pour les pauvres de la paroisse de Saint-Sulpice.

---

[1] Voltaire, lorsqu'on lui reprocha ce zèle dans les concessions,
avoua qu'il ne l'avait consentie qu'à la réquisition du prêtre,
et, disait-il, *pour avoir la paix*. (Gustave Desnoiresterres. *Retour
et mort de Voltaire* (Didier et Cie, 1876), p. 235.

« Le même jour qu'il s'était confessé, nous dit La Harpe, j'al-
lai chez lui de la part de l'Académie, m'informer de sa santé, et
lui dire qu'on avait arrêté et mis sur les registres que tant que
la maladie durerait, on enverrait à toutes les séances savoir de
ses nouvelles. Hélas! me dit-il, *je n'ai pas cru pouvoir mieux reconnaître les bontés de l'Académie qu'en remplissant mes devoirs de
chrétien, afin d'être enterré en terre sainte et d'avoir un service aux
Cordeliers.*» (La Harpe, *Correspondance littéraire* (Paris, Migneret,
1804), T. II, p. 212. (E. D.)

Mme Denis, presque au même moment, venait d'entrer dans la chambre pour témoigner à M. Gautier avec fermeté qu'il devait abréger sa séance auprès du malade.

Alors l'abbé Gautier nous invita à rentrer et nous dit : « M. de Voltaire m'a donné là une petite déclaration qui ne signifie pas grand'chose; je vous prie de vouloir bien la signer aussi.» M. le marquis de Villevielle et M. l'abbé Mignot la signèrent sans hésiter. L'abbé vint alors à moi et me demanda la même chose. Je le refusai; il insista beaucoup. M. de Voltaire regardait avec surprise la vivacité avec laquelle je parlais à l'abbé Gautier. Je répondis enfin, lassé de cette persécution, que *je ne voulais, ni ne pouvais signer, attendu que j'étais protestant.* Et il me laissa tranquille.

Il proposa ensuite au malade de lui donner la communion. Celui-ci répondit : «Monsieur l'abbé, faites attention que je crache continuellement du sang; il faut bien se donner de garde de mêler celui du bon Dieu avec le mien. » Le confesseur ne répliqua point. On le pria de se retirer et il sortit.

C'est pour moi quelque chose d'étonnant que cette espèce de lâcheté avec laquelle la plupart des prétendus philosophes et des prétendus amis de M. de

Voltaire approuvèrent sa démarche et sa déclaration, sans même en savoir le contenu, lesquelles n'ont servi cependant à rien, comme on l'a vu à sa mort.

Le 28 février, étant seul avec lui, je le priai de me dire quelle était exactement sa façon de penser, dans un moment où il me disait qu'il croyait mourir. Il me demanda du papier et de l'encre; il écrivit, signa et me remit la déclaration suivante :

JE MEURS EN ADORANT DIEU, EN AIMANT MES AMIS, EN NE HAÏSSANT PAS MES ENNEMIS, ET EN DÉTESTANT LA SUPERSTITION. 28 FÉVRIER 1778. Signé VOLTAIRE[1].

M. de Tersac, curé de Saint-Sulpice, ayant bientôt appris ce qui s'était passé chez M. de Voltaire, vit M. de Villette et lui témoigna son mécontentement de ce que l'abbé Gautier se fût porté à de pareilles démarches sans son autorisation. Il en était d'autant plus blessé qu'il n'avait pu encore obtenir lui-même d'être admis auprès du malade. M. de Voltaire, informé des plaintes du curé, voulut le calmer par une lettre de politesse et de compliment. Celui-ci y répon-

---

[1] « Nous avons déposé à la bibliothèque du roi cette déclaration, en original, et le passage de la relation de Wagnière qui y a rapport, écrit de sa main. Cela faisait partie des papiers de ce dernier, que nous avons acquis de ses enfants et héritiers. » (Note de l'éditeur des *Mémoires sur Voltaire et sur ses ouvrages*, par Longchamp et Wagnière, ses secrétaires (Paris, Aimé André, 1826); T. I, p. 133-134.)   (E. D.)

dit le même jour (4 mars[1]) par une autre lettre à peu
près de même genre[2].

* * * * * * * * * * * *

[1] Voir ces deux lettres, dans le *Supplément aux pièces justificatives pour la vie de Voltaire,* par Condorcet. (E. D.)

[2] M. de Voltaire disait toujours à Ferney qu'il ne mourrait
pas content qu'il n'eût vu encore une représentation de la Comédie-Française et une séance publique de l'Académie. Il était
à la veille de jouir de ce double spectacle, ou pour mieux dire,
de ce double triomphe, et cependant il est à craindre qu'il
n'en soit privé pour jamais ; son état devient de plus en plus
inquiétant ; il continue à cracher un peu de sang.

Au reste, on ne sait même si la séance publique de l'Académie française n'aurait pas souffert quelques difficultés ; du moins
les prélats eussent beaucoup remué pour empêcher le roi de le
permettre. Ils ont déjà été trop scandalisés de la députation de
cette compagnie vers le coryphée de l'impiété, en ce que, in-
dépendamment de l'éclat que faisait cet acte solennel, il liait en
quelque sorte le clergé aux hommages qu'on lui rendait en la
personne de plusieurs cardinaux, archevêques, évêques et abbés,
membres de l'Académie, et par conséquent censés avoir adhéré
à la délibération. Tout le parti des dévots en a frémi et anathé-
matisé le prince de Beauvau qui portait la parole. Les plaisants
se sont contentés d'en rire ; ils ont dit que c'*étaient les membres
qui allaient chercher le corps.* (*Mémoires secrets,* T. XI, p. 149, du 2
mars 1778.)

Quelqu'un des philosophes qui forment la cour de M. de
Voltaire, le voyant affligé de ne pouvoir aller à Versailles dans
l'appareil qu'il aurait désiré, lui dit : « Vous êtes bien bon ! sa-
vez-vous ce qui vous serait arrivé ? Le roi, avec son affabilité
ordinaire, vous aurait ri au nez, et parlé de votre chasse à Ferney, la reine de votre théâtre ; *Monsieur* vous aurait demandé
compte de vos revenus ; *Madame* vous aurait cité quelques-uns

Cependant Mme Denis et les prétendus amis de
M. de Voltaire le persécutaient pour l'engager à se
fixer à Paris. Il y avait une grande répugnance, et

de vos vers; la comtesse d'*Artois* ne vous aurait rien dit, et le
comte d'*Artois* vous aurait entretenu de la *Pucelle. (Ibid.,* p. 152,
du 3 mars 1778.)

Mlle la chevalière d'Eon est venue hier pour voir M. de Voltaire, et l'arrivée de cette fille célèbre n'a pas excité moins de
curiosité que le vieillard qu'elle visitait. Tous les domestiques,
ou plutôt toute la maison s'est rangée sur son passage pour la
contempler; elle avait l'air honteuse en quelque sorte, son man-
chon sous le nez et le regard en dessous; elle est restée peu de
temps, et l'on a su que sa visite n'était qu'une suite de l'invitation
que lui avait faite le philosophe de lui procurer le plaisir de son
entrevue. *(Ibid.,* p. 173, du 13 mars.)

On a fait sur la confession de M. de Voltaire une épigramme assez gaie, attribuée à M. de La Louptière, et que
voici :

Voltaire et l'Attaignant, d'humeur encore gentille,
Au même confesseur ont fait le même aveu;
    En tel cas il importe peu
Que ce soit à Gauthier, que ce soit à Garguille.
Monsieur Gauthier pourtant me paraît bien trouvé.
    L'honneur de deux cures semblables,
    A bon droit, était réservé
    Au chapelain des Incurables.
                    (Ibid., p. 185, du 19 mars.)

« Dans une maladie grave de l'abbé de l'Attaignant, dit Wagnière (p. 461 du T. I, des *Mémoires,* etc.), cet abbé Gauthier,
aumônier de l'hôpital des Incurables, avait été le visiter et se
vantait de l'avoir converti. Il voulait aussi se glorifier du salut
de M. de Voltaire Les deux malades, peut-être contre son
attente, avaient survécu à leur prétendue conversion. L'épi-

comme il était très mal logé chez M. de Villette, où il lui fallait de la lumière à midi pour lire, on cherchait pour lui une maison à la campagne sans pou-

gramme, dont il s'agit, courut, en effet, dans Paris; on ne manqua pas de l'adresser à M. de Voltaire, ainsi qu'à l'abbé de l'Attaignant : ils ne purent s'empêcher de la trouver fort jolie, et d'en rire tous les premiers. »

M. de Voltaire s'étant excédé de travail le dimanche, où il avait travaillé douze heures sans interruption, eut une fort mauvaise nuit, et toutes les louanges que ses adulateurs lui prodiguèrent au retour de la comédie, ne purent calmer son fâcheux état. Il pouvait s'appliquer cette fameuse sentence d'un père de l'Eglise, sur la futilité des réputations de tant d'hommes célèbres et immortalisés dans ce bas monde, lorsqu'ils brûlent en enfer : *Laudentur ubi non sunt, cruciantur ubi sunt*. L'anecdote qui l'aurait fait tressaillir de joie, s'il n'eût pas été si souffrant, c'était le spectacle de la reine, le crayon à la main, semblant écrire les plus beaux vers de la pièce. On s'est imaginé que c'était surtout ceux relatifs à Dieu et à la religion, dont le poète parle avec beaucoup d'édification, ce qui fit crier à un plaisant : « On voit bien qu'il a été à confesse. » Quoi qu'il en soit, on a présumé que Sa Majesté voulait les citer au roi, pour justifier sur ses vrais sentiments ce coryphée de la philosophie, si décrié par les prêtres, si redoutable au clergé... A la seconde représentation d'*Irène,* le parterre demanda des nouvelles du poète, et l'acteur qui annonçait donna des paroles consolantes.

Le jeudi M. de Voltaire est ressuscité pour la troisième fois; il a reçu du monde, entre autres le duc de Praslin; il a acheté des chevaux, et parle de se promener. Il est comme les marins, qui, pendant la tempête, promettent de ne plus quitter le port, et se rembarquent bientôt après. Il ne songe plus à partir, et a peine à s'arracher de ce pays-ci. Surtout au moment où on l'embaume plus que jamais de l'encens le plus flatteur, où on lui

voir réussir. On en trouva une contiguë à l'hôtel de
M. de Villette. Mme Denis donna sa parole, mais une
heure après son oncle lui ordonna de la retirer, parce
qu'il voulait s'en aller à Ferney.

.   .   .   .

fait accroire que sa tragédie restera au théâtre et fera époque.
(*Mémoires secrets,* etc., T. XI, p. 190-191, du 20 mars.)

Les francs-maçons remis en vigueur depuis quelques années,
et surtout illustrés par la persécution de Naples, jouent aujour-
d'hui un rôle considérable en France, et se sont signalés dans
les divers événements patriotiques. Entre les loges de cette capitale, celle des *Neuf-Sœurs a)* tient un rang distingué. Comme
elle est surtout composée de gens de lettres, que M. le marquis
de Villette est franc-maçon et que M. de Voltaire l'est aussi,
dans une assemblée tenue le 10 de ce mois, un des membres,
M. de La Dixmerie, *b)* a proposé de boire à la santé du vieux
malade, et a chanté des couplets de sa composition en son honneur. Ensuite il a été arrêté de lui faire une députation pour le
féliciter sur son retour à Paris, et lui témoigner l'intérêt que la
loge prenait à sa conservation. Jusqu'à présent le philosophe
n'avait pu l'admettre. Enfin, le jour est pris pour aujourd'hui
21; et comme ce n'est qu'une tournure afin de voir et contem-

a) Ancien noviciat des Jésuites, rue du Pot de Fer.
b) Littérateur (1731-1791). Il a publié un grand nombre d'ouvrages d'un style
facile et agréable, entre autres les *Deux âges du goût et du génie, sous Louis XIV et sous
Louis XV*, où il montre la supériorité du XVIIIme siècle sur le précédent.
Lors de la réception de Voltaire à la loge des *Neuf-Sœurs,* dans les premiers jours
d'avril 1778, La Dixmerie lui adressa une pièce de vers où se trouve ce couplet :
    Au seul nom de l'illustre frère,
    Tout maçon triomphe aujourd'hui ;
    S'il reçoit de nous la lumière,
    Le monde la reçoit de lui.
La Dixmerie, dans son *Mémoire pour la loge des Neuf-Sœurs* (Paris, 1791), nous
donne les noms des personnages illustres qui en faisaient partie en 1778 : C'étaient
Franklin, de Lalande, Court de Gébelin, le naturaliste anglais Forster, l'Espagnol
Ysquerdo, Champfort, Lemière, Cailhava, Roucher, Fontanes, Parny, Greuze,
Vernet, Houdon, Piccini.

3

Lorsque l'hémorrhagie de M. de Voltaire eut cessé,
le curé de Saint-Sulpice fut enfin introduit dans sa
chambre et causa avec lui. Dans cette première visite,
le curé parut être très fâché de ce que l'abbé Gautier
avait fait, disait-il, à son insu. Il ne fut question d'ail-

pler à l'aise cet homme extraordinaire, la députation doit être de
trente frères. *(Ibid., Ibid.,* page 192, du 21 mars.)

Voltaire n'était point franc-maçon. (Wagnière, *Examen des
Mémoires de Bachaumont,* p. 463 du T. I des *Mémoires sur Voltaire,* etc.)

Le lundi 16, jour de la première représentation d'*Irène,* pendant qu'on jouait cette tragédie, dès le second acte, un messager
fut député de la Comédie, pour annoncer à M. de Voltaire la
faveur qu'elle prenait ; après le quatrième, un second messager
vint avec ordre de pallier le froid presque général dont on avait
reçu le troisième et le quatrième. A la fin du cinquième,
M. Dupuits, le mari de Mlle Corneille, fut le premier à lui apprendre qu'*Irène* avait un succès complet. Un ami entré ensuite
trouva M. de Voltaire au lit, écrivant, enflé des éloges qu'il venait de recevoir, et mettant en ordre sa tragédie d'*Agatocle,* pour
la faire jouer tout de suite... Les jours suivants, plus de trente
cordons-bleus étant venus se faire inscrire chez lui pour le féliciter, l'illusion du succès ne put que s'accroître, et ce qui y mit
le comble, ce fut la députation, du jeudi 19, de l'Académie
française, pour l'assurer de la part que la compagnie prenait à
son triomphe. Le poète sortira d'autant moins de cette agréable
erreur, que, pour ne pas la troubler, les journalistes ont reçu
défense de parler de lui et de sa tragédie, à moins que ce ne soit
pour la louer. Depuis ce temps, M. de Voltaire ne rêve que
tragédie..... » *(Mémoires secrets,* etc., T. XI, p. 194-195, du 24
mars.)

M. de Voltaire, ranimé par son amour-propre exalté au plus

leurs que de politesse de part et d'autre et des éta-
blissements que ce prêtre avait formés.

Le malade étant enfin bien rétabli, il se rendit à
l'Académie française. C'était le 30 mars, jour où devait avoir lieu la sixième représentation d'*Irène*. On

haut degré, s'est trouvé en état de monter en voiture le samedi;
il s'est promené dans Paris, sous prétexte d'aller voir la place
Louis XV; et les chevaux allant au pas, il a été suivi de tout le
peuple et de beaucoup de curieux, ce qui lui formait un cortége
et une sorte de triomphe.

Rentré chez lui, il a reçu une députation de la loge des *Neuf-
Sœurs;* elle s'était rendue à pied, au nombre d'environ quarante
membres, suivis de plusieurs carrosses appartenant à quelques
francs-maçons. C'est M. de Lalande, *a)* le *Vénérable,* qui portait
la parole. Ces messieurs sont tombés dans une veine heureuse :
le vieillard était gaillard; le grand air l'avait fortifié. Il a paru très
aimable à l'assemblée. Ne se ressouvenant plus des formules, il
a affecté de n'avoir jamais été frère, *b)* et il a été inscrit de nouveau. Il a signé sur-le-champ les constitutions, et a promis d'aller
en loge. M. de Lalande lui ayant nommé successivement les frères
qui pouvaient en être connus, il a dit à chacun des choses obli-
geantes, relatives aux actions ou aux ouvrages propres à les carac-
tériser. » *(Ibid., Ibid.,* p. 197 et 198, du 25 mars.)

M. de Voltaire s'est habillé jeudi pour la première fois depuis
son séjour à Paris, et a fait toilette entière. Il avait un habit
rouge doublé d'hermine, une grande perruque à la Louis XIV,
noire, sans poudre, et dans laquelle sa figure amaigrie était tellement enterrée qu'on ne découvrait que ses deux yeux, brillants comme des escarboucles. Sa tête était surmontée d'un

a) L'illustre astronome. (E. D.)

b) Il ue l'était pas, d'après Wagnière. (V. plus haut.) Condorcet dit cependant qu'il
avait reçu la *lumière* en Angleterre, durant son séjour en 1728.   (E. D.)

lui fit accroire que la reine y viendrait. Elle vint en effet à Paris ce même jour, mais elle alla à l'Opéra. Tout le monde a su par les relations comment ce jour du triomphe de ce grand homme se passa. Jamais empressement ne fut plus grand. Nous pensâmes être étouffés en entrant au Louvre et à la Comédie, malgré les gardes qui nous ouvraient le chemin, ainsi

bonnet carré rouge, en forme de couronne, qui ne semblait que posé. Il avait à la main une petite canne à bec de corbin, et le public de Paris, qui n'est point accoutumé à le voir dans cet accoutrement, a beaucoup ri. Ce personnage, singulier en tout, ne veut, sans doute, avoir rien de commun avec la société ordinaire.

Il annonce toujours qu'il ira incessamment à la Comédie, et il diffère par une espèce de charlatanerie très utile aux comédiens et au succès de sa pièce, qui par ce moyen est courue avec la même avidité que le premier jour... C'est ainsi qu'aujourd'hui les Tuileries étaient encore pleines de groupes de curieux.

La gaîté de ce vieillard, intarissable, est revenue, et les bons mots recommencent à couler..... Aujourd'hui, pendant qu'on attendait à la Comédie M. de Voltaire, il était à parler politique avec l'ex-ministre Turgot, et est resté longtemps en conférence avec lui.

M. le comte d'Artois, dupe comme les autres de l'arrivée de l'auteur à la Comédie, y est resté une petite demi-heure, et s'en est allé quand il a perdu l'espoir de l'y voir. *(Ibid., Ibid.,* 28 mars.)

M. de Voltaire, décidé à jouir du triomphe qu'on lui promettait depuis longtemps, est monté lundi dans son carrosse couleur d'azur, parsemé d'étoiles d'or, peinture bizarre, qui a fait dire à un plaisant que c'était le char de l'Empyrée. Il s'est rendu

qu'à la sortie. On voulait au moins toucher ses habits; on montait sur son carrosse; une personne sauta par dessus les autres jusqu'à la portière, priant M. de Voltaire de permettre qu'elle lui baisât les mains. Cet homme rencontre les mains de Mme de Villette, qu'il prend par mégarde pour celles de M. de Voltaire, et dit, après l'avoir baisée : « Par ma foi,

ainsi d'abord à l'Académie française, qui tenait ce jour-là son assemblée particulière. Elle était composée de vingt-deux membres. a)

Aucun des prélats ou abbés, ou membre du corps ecclésiastique, ses confrères, n'avait voulu s'y trouver, ni adhérer aux délibérations extraordinaires qu'on se proposait. Les seuls abbés de Boismont et Millot se sont détachés des autres; l'un comme un roué de la cour, n'ayant que l'extérieur de son état; l'autre, comme un cuistre, n'ayant aucune grâce à espérer, soit de la cour, soit de l'Eglise.

L'Académie est allée au-devant de M. de Voltaire pour le recevoir; il a été conduit au siége du Directeur, que cet officier et l'Académie l'ont prié d'accepter. On avait placé son portrait au-dessus de son fauteuil. La compagnie, sans tirer au sort, suivant l'usage, a commencé son travail en le nommant par acclama-

a) De vingt. C'étaient : l'abbé Arnaud, le marquis de Paulmy, d'Alembert, Marmontel, Gaillard, Watelet, Thomas, Saurin, Beauzée, Millot, La Harpe, Saint-Lambert, Chatellux, le maréchal de Duras, le prince de Beauvau, Froncemagne, Sainte-Pelaye, Brecquigny, Suard, l'abbé de Boismont.
« Cet illustre vieillard, dit Grimm, a paru aujourd'hui (20 mars) pour la première fois à l'Académie et au spectacle. Son carrosse a été suivi dans les cours du Louvre par une foule de peuple empressé à le voir. Il a trouvé toutes les portes, toutes les avenues de l'Académie assiégées d'une multitude qui ne s'ouvrait que lentement à son passage et se précipitait aussitôt sur ses pas avec des applaudissements et des acclamations multipliées. L'Académie est venue au-devant de lui jusqu'à la première salle, honneur qu'elle n'a jamais fait à aucun de ses membres, pas même aux princes étrangers qui ont daigné assister à ses assemblées...» *Gazette littéraire* (Eugène Didier, 1854), p. 254. (E. D.)

voilà une main encore bien potelée pour un homme
de quatre-vingt-quatre ans.»

M. le comte d'Artois envoya le prince de Henin
dans la loge de M. de Voltaire pour le complimenter
de sa part sur le succès d'*Irène*. C'est la seule nouvelle qu'il ait reçue de la cour, excepté de M. le duc
d'Orléans, qui le fit inviter deux fois d'assister à son
spectacle [1].

---

[1] Paris porta au plus haut degré l'enthousiasme et les honneurs
rendus au grand poète. Il y aurait un inconvénient majeur à laisser
Paris prononcer avec de pareils transports une opinion si contraire à celle de la cour; on le fit bien observer à la reine, en lui
représentant qu'elle devait au moins, sans accorder à Voltaire
les honneurs de la présentation, le voir dans les grands appartements. Elle ne fut pas trop éloignée à suivre cet avis, et paraissait uniquement embarrassée de ce qu'elle lui dirait, dans le cas
où elle consentirait à le voir. On lui conseilla de lui parler seulement de la *Henriade*, de *Mérope* et de *Zaïre;* la reine dit à ceux
qui avaient pris la liberté de lui faire ces observations, qu'elle
consulterait encore des personnes dans lesquelles elle avait une
grande confiance. Le lendemain, elle répondit qu'il était décidé

---

tion directeur du trimestre d'avril. Le vieillard était en train,
allait causer beaucoup, lorsqu'on lui a dit qu'on s'intéressait
trop à sa santé pour l'écouter, qu'on voulait le réduire au
silence. En effet, M. d'Alembert a rempli la séance par la
lecture de l'*Eloge de Despréaux*, dont il avait déjà fait part dans
une cérémonie publique, et où il avait inséré des choses flatteuses pour le philosophe présent.

M. de Voltaire a désiré monter ensuite chez le secrétaire de
l'Académie, dont le logement est au-dessus. Il est resté quelque

Certainement jamais homme de lettres n'a eu un
moment plus brillant. Aussi disait-il : « On veut m'é-
touffer sous des roses. »

Cependant, je remarquai que tout cela n'avait pas
fait sur lui toute l'impression qu'on aurait dû en attendre. Au contraire, lorsque je lui en parlais et lui té-
moignais ma surprise, il me répondait : « Ah! mon
ami, vous ne connaissez pas les Français; ils en ont

irrévocablement que Voltaire ne verrait aucun membre de la famille royale, ses écrits étant pleins de principes qui portaient une
atteinte trop directe à la religion et aux mœurs. « Il est pourtant étrange, ajouta la reine, que nous refusions d'admettre
Voltaire en notre présence, comme chef des écrivains philosophes, et que la maréchale de Mouchy se soit prêtée, d'après les
intrigues de la secte, à me présenter, il y a quelques années,
Mᵐᵉ Geoffrin, qui devait sa célébrité au titre de nourrice des
philosophes. » Mᵐᵉ CAMPAN, *Mémoires* (collection Barrière),
T. X, p. 149, 150.   (E. D.)

temps chez lui, et s'est enfin mis en route pour se rendre à la
Comédie Française. La cour du Louvre, quelque vaste qu'elle
soit, était remplie de monde qui l'attendait. Dès que sa voiture
unique a paru, on s'est écrié : *Le voilà !* Les savoyards, les mar-
chands de pommes, toute la canaille du quartier, s'étaient
rendus là, et les acclamations *Vive Voltaire!* ont retenti pour ne
plus finir. Le marquis de Villette, arrivé d'avance, l'est venu
prendre à la descente de son carrosse, dans lequel il était avec
le procureur Clos. *a)*
Tous deux lui ont donné le bras, et ont eu peine à l'arracher

a) M. Clos, qui était, à ce que je crois, un ancien magistrat, occupait un appartement dans la maison de M. de Villette. (Note de l'éditeur des *Mémoires sur Voltaire*,
etc., p. 469.)

fait autant pour le Genevois Jean-Jacques; plusieurs
même ont donné un écu à des crocheteurs pour monter sur leurs épaules et le voir passer. On l'a décrété
ensuite de prise de corps et il a été obligé de s'enfuir.»

Aussi, quand nous allions nous promener et qu'il
voyait les Parisiens courir après son carrosse, il de-

de la foule. A son entrée à la Comédie, un monde plus élégant
et saisi du véritable enthousiasme du génie, l'a entouré; les
femmes surtout se jetaient sur son passage et l'arrêtaient, afin
de le mieux contempler; on en a vu s'empresser à toucher ses
vêtements, et quelques-unes arracher du poil de sa fourrure.
M. le duc de Chartres, n'osant avancer de trop près, quoique de
loin, n'a pas montré moins de curiosité que les autres. Le saint,
ou plutôt le dieu du jour, devait occuper la loge des gentils-
hommes de la chambre, en face de celle du comte d'Artois.
Mme Denis, Mme de Villette étaient déjà placées, et le parterre
était dans des convulsions de joie, attendant le moment où le
poète paraîtrait. a)

On n'a pas eu de cesse qu'il ne fût mis au premier rang auprès
des dames. Alors on a crié : *La couronne!* et le comédien Brizard
est venu la lui mettre sur la tête b) : *Ah! Dieu! vous voulez donc
me faire mourir!* s'est écrié M. de Voltaire, pleurant de joie et
se refusant à cet honneur. Il a pris cette couronne à la main
et l'a présentée à *Belle et Bonne c);* celle-ci disputait, lorsque le

a) Toutes les femmes étaient debout, il y avait plus de monde dans les couloirs que
dans les loges. Toute la Comédie, avant la toile levée, s'était avancée sur le bord du
théâtre. On s'étouffait jusqu'à l'entrée du parterre, où plusieurs femmes étaient des-
cendues, n'ayant pas pu trouver ailleurs des places pour voir quelques instants l'objet de tant d'adoration. J'ai vu le moment où la partie du parterre qui se trouve sous
les loges allait se mettre à genoux, désespérant de le voir d'une autre manière. Toute
la salle était obscurcie par la poussière qu'excitait le flux et le reflux de la multitude
agitée. Ce transport, cette espèce de délire universel, a duré plus de vingt minutes,
et ce n'est pas sans peine que les comédiens ont pu parvenir enfin à commencer cette
pièce. GRIMM, *Gazette littéraire* (Paris, Eugène Didier, 1854), p. 256. (E. D.)

b) Brizard, jouant le rôle de Léonce, était en costume de moine. (E. D.)

c) Madame de Villette. (E. D.)

venait de mauvaise humeur, faisait abréger la prome-
nade et ordonnait au cocher de nous ramener à l'hôtel.

Le triomphe de M. de Voltaire et tous ses applaudissements déplurent, nous dit-on, un peu à Versailles, et surtout au clergé.

. . . .

On s'aperçut que c'était moi qui le portais à s'en
retourner dans sa tranquille retraite, et l'on résolut,
à quelque prix que ce fût, de me séparer de ce vieillard respectable, qui m'avait élevé et servi de père, et
à qui j'étais attaché depuis si longtemps.

. . . .

prince de Beauvau, saisissant le laurier, l'a remis sur la tête du
Sophocle, qui n'a pu résister cette fois.

On a joué la pièce (*Irène*), plus applaudie cette fois que de
coutume, mais pas autant qu'il l'aurait fallu pour répondre à ce
triomphe; cependant les comédiens étaient fort intrigués de ce
qu'ils feraient, et pendant qu'ils délibéraient, la tragédie a fini, la
toile est tombée et le tumulte du parterre était extrême, lorsqu'elle s'est relevée, et l'on a vu un spectacle pareil à celui de
la *Centenaire*. Le buste de M. de Voltaire, placé depuis peu
dans le foyer de la Comédie Française, avait été apporté au
théâtre et élevé sur un piédestal; tous les comédiens l'entouraient en demi-cercle, des palmes et des guirlandes à la main;
une couronne était déjà sur le buste. Le bruit des fanfares, des
tambours, des trompettes, avait annoncé la cérémonie, et
Mme Vestris tenait un papier, qu'on a su bientôt être des vers
que venait de composer M. le marquis de Saint-Marc. Elle les a
déclamés avec une emphase proportionnée à l'extravagance de
la scène. Les voici :

Plus ce vieillard montrait d'envie de s'en aller, plus on redoublait d'efforts pour le retenir. Il répondait qu'il reviendrait; on lui dit qu'il n'avait qu'à m'envoyer à Ferney, que je connaissais ses affaires aussi bien que lui-même. Il se tint plusieurs conseils pour trouver le moyen de me séparer de mon maître. On convint de me proposer de m'en aller à Ferney et d'y demeurer, en m'assurant que l'on m'y ferait un sort heureux et que l'on mettrait auprès de M. de

> Aux yeux de Paris enchanté,
> Reçois en ce jour un hommage
> Que confirmera d'âge en âge
> La sévère postérité !
> Non, tu n'as pas besoin d'atteindre au noir rivage
> Pour jouir des honneurs de l'immortalité ;
> Voltaire, reçois la couronne
> Que l'on vient de te présenter ;
> Il est beau de la mériter,
> Quand c'est la France qui la donne! a)

On a crié bis, et l'actrice a recommencé. Après, chacun est

a) Réponse de Voltaire adressée, le lendemain, à M. le marquis de Saint-Marc :

> Vous daignez couronner, aux yeux de Melphomène,
> D'un vieillard affaibli les efforts impuissants !
> Ces lauriers, dont vos mains couvraient mes cheveux blancs,
> Etaient nés dans votre domaine.
> On sait que de son bien tout mortel est jaloux ;
> Chacun garde pour soi ce que le ciel lui donne :
> Le Parnasse n'a vu que vous
> Qui sût partager sa couronne.

En 1770, la Comédie Française s'était établie aux Tuileries, et y resta douze ans: ce fut ainsi dans le palais même des rois que le peuple couronna Voltaire.

« Cette petite fête, dit Grimm, n'avait point été préparée d'avance; et puisqu'il faut tout dire, c'est Mlle La Chassagne, qui débuta il y a quelques années dans le rôle de Zaïre, qui a donné l'idée de couronner le buste, et c'est Mlle Fanier qui a fait faire les vers à M. de Saint-Marc....» Gazette littéraire, p. 257.   (E. D.)

Voltaire une autre personne à ma place (et qui, sans doute, ne l'engagerait pas, comme moi, à partir). J'étais parfaitement instruit de tout ce qui se faisait et de tout ce qu'on disait.

. . . .

M. de Voltaire résolut d'aller passer seulement deux mois à Ferney. Alors, pour dernière ressource, M. de Thibouville écrivit à Mme Denis un billet par lequel il lui disait que tous les amis de son oncle croyaient

allé poser sa guirlande autour du buste. Mlle Fanier, dans une extase fanatique, l'a baisé, et tous les autres comédiens ont suivi.

Cette cérémonie fut longue, accompagnée de *vivats* qui ne cessaient point; la toile s'est encore baissée, et quand on l'a relevée pour jouer *Nanine,* comédie de M. de Voltaire, on a vu son buste à la droite du théâtre, où il est resté durant toute la représentation.

M. le comte d'Artois n'a pas osé se montrer trop ouvertement; mais instruit, suivant l'ordre qu'il en avait donné, dès que M. de Voltaire serait entré à la Comédie, il s'y est rendu *incognito,* et l'on croit que dans un moment où le vieillard est sorti et passé quelque part sous prétexte d'un besoin, il a eu l'honneur de voir de plus près cette Altesse Royale, et de lui faire sa cour.

Nanine jouée, nouveau brouhaha, autres embarras pour la modestie du philosophe; il était déjà dans son carrosse, et l'on ne voulait pas le laisser partir; on se jetait sur les chevaux, on les baisait; on a entendu même de jeunes poètes s'écrier qu'il fallait les dételer et se mettre à leur place, pour reconduire l'Apollon moderne; malheureusement il ne s'est pas trouvé assez d'enthousiastes de bonne volonté, et il a enfin eu la liberté de

devoir, par amitié pour lui, l'avertir que s'il s'en retournait à Ferney, on allait lui faire défense expresse d'en sortir et de revenir jamais à Paris; qu'il fallait absolument qu'il ne partît pas pour éviter la persécution.

partir, non sans des *vivats* qu'il a pu entendre encore du pont Royal, et même de son hôtel.

Telle a été l'apothéose de M. de Voltaire, dont Mlle Clairon avait donné chez elle un échantillon, il y a quelques années, mais devenu un délire plus violent et plus général.

M. de Voltaire, rentré chez lui, a pleuré de nouveau, et a protesté modestement que s'il avait prévu qu'on eût fait tant de folies, il n'aurait pas été à la Comédie. *a)*

Le lendemain, ça été chez lui une procession de monde, qui est venue successivement lui renouveler en détail les éloges et les faveurs qu'il avait reçus la veille en *chorus*. Il n'a pu résister à tant d'empressement, de bienveillance et de gloire, et il s'est décidé sur-le-champ à acheter une maison à Paris. *(Ibid., Ibid.,* p. 206 et suivantes, du 1er avril.)

..... Le jour de son couronnement, il savait que la reine était venue à l'Opéra, mais avec le projet secret de passer *incognito* à la Comédie Française, et d'y recevoir sans affectation les hommages du Nestor de la littérature; elle ne lui a pas donné cette

a) La Harpe, qui fit aussi une relation de cette soirée du 30 mars 1778, dans le *Journal de littérature,* terminait ainsi son article : « Des larmes d'attendrissement, des larmes douces ont coulé de tous les yeux à ce spectacle du génie récompensé par tant d'éclat, à la fin de la plus belle carrière. Il semblait que tous les cœurs fussent heureux du bonheur du grand homme et remplis de sa gloire. Qu'un pareil jour fait honneur aux lettres, à la France, à l'humanité ! L'humanité semble se relever et s'ennoblir, quand les hommes rassemblés expriment ainsi, tous à la fois, ce sentiment de justice qui est au fond de tous les cœurs. Ce n'est donc pas en vain que M. de Voltaire a vu passer quatre générations, et soixante ans de travaux pour l'instruction de tous les peuples policés n'ont pas été perdus pour lui. Tout ce qui s'est empressé à le voir, avait appris à lire et à penser dans ses ouvrages, avait mille fois joui de ses chefs-d'œuvre en tout genre; que de droits à la reconnaissance ! Tant de succès et de trophées, trente ans de cet éloignement qui ajoute encore à la renommée, les progrès de la raison, et ce mouvement prodigieux qu'il a imprimé à l'esprit humain depuis le commencement de ce siècle : voilà ce qui a fait pour lui de ses contemporains une sorte de postérité; voilà ce qui l'a mis à sa place. Toutes les voix ont applaudi à son triomphe, et c'est peut-être le premier où l'envie n'ait pas été même aperçue.» (E. D.

Je l'ai tenu ce billet infernal, rempli du plus horrible mensonge et que j'appelle l'*arrêt de mort* de mon malheureux maître. C'était à Paris, au contraire, qu'il devait craindre la persécution ; elle commençait

satisfaction. On assure que dans sa loge elle a reçu un billet qui l'a détournée de son premier dessein ; on prétend même qu'il avait été tendu en route à Sa Majesté.

Son *Irène* a bien été jouée jeudi dernier à la cour, mais on ne l'a pas averti d'y venir, comme il s'en flattait, et comme la reine le lui avait fait espérer. Mais le jour de la représentation, au débotté du roi, pendant que Sa Majesté s'habillait pour le spectacle, on a entendu les courtisans perfides, pour plaire au monarque, qu'on sait ne point aimer M. de Voltaire, lui dénigrer d'avance la tragédie et prématurer son ennui, qui ne s'est que trop manifesté..... (*Ibid., Ibid.*, p. 216 et 217, du 6 avril.)

Mardi matin, il s'est rendu à la loge des *Neuf-Sœurs*, suivant la promesse qu'il en avait faite aux députés. La joie des frères leur a fait commettre quelques indiscrétions, en sorte que, malgré le mystère de ces sortes de cérémonies, beaucoup de circonstances de la réception de ce vieillard ont transpiré.

On ne lui a point bandé les yeux, mais on avait élevé deux rideaux au travers desquels le *Vénérable* l'a interrogé, et après diverses questions, sur ce qu'il a fini par lui demander s'il promettait de garder le secret sur tout ce qu'il verrait, il a répondu qu'il le jurait, en assurant qu'il ne pouvait plus tenir à son état d'anxiété. Ayant demandé qu'on lui fît voir la lumière, les deux rideaux se sont entr'ouverts tout à coup, et cet homme de génie est resté comme étourdi des pompeuses niaiseries de ce spectacle, tant l'homme est susceptible de s'en laisser imposer par la surprise de ses sens ! On a remarqué même que cette première stupeur avait frappé le philosophe au point de lui ôter pendant toute la séance cette pétulance de conversation qui le caracté-

même déjà de la part des prêtres, puisqu'ils prêchaient avec véhémence contre lui en chaire ; on ne l'ignorait pas et ils savaient la manière dont Sa Majesté s'était expliquée. Le Roi avait dit que, *puisque ce vieillard*

rise, ces saillies, ces éclairs qui partent si rapidement quand il est dans son assiette ordinaire.

Au banquet, il n'a mangé que quelques cuillerées d'une purée de fèves, à laquelle il s'est mis pour son crachement de sang, et que lui a indiquée Mme Hébert, l'intendante des menus.

Il s'est retiré de bonne heure ; il s'est montré dans l'après-dînée sur son balcon au peuple assemblé ; il était entre M. le comte d'Argental et le marquis de Thibouville. Le soir, il est allé voir la *Belle Arsène,* chez Mme de Montesson ; il est retourné hier à ce spectacle, où l'on a dû donner en sa faveur une seconde représentation de l'*Amant romanesque,* et y joindre *Nanine. (Ibid., Ibid.,* p. 221 et 222, du 10 avril.)

M. de Voltaire a joui jeudi, au spectacle de Mme de Montesson, presque des mêmes honneurs qu'à la Comédie Française, le couronnement excepté. Il a été accueilli de la manière la plus flatteuse par toutes les femmes et seigneurs de cette cour distinguée.

M. le duc de Chartres *a)* lui ayant accordé la permission qu'il avait demandée à Son Altesse Sérénissime d'aller faire sa cour aux jeunes princes, M. de Voltaire s'y est rendu samedi matin. Le père l'a fait inviter de venir chez lui. Il voulait se tenir debout, mais Son Altesse l'a prié de s'asseoir, sous prétexte qu'il voulait jouir longtemps de sa conversation. Mme la duchesse de Chartres, qui était encore au lit, instruite de la présence du vieillard, s'est fait habiller promptement, et est passée chez monseigneur. Nouvelle confusion du philosophe, qui voulait se jeter aux pieds de la princesse et y rester. On l'a fait se rasseoir une

a) Le futur citoyen Joseph Egalité. (E. D.)

*devait s'en retourner bientôt, il fallait le laisser tran-
quillement finir ses jours dans sa retraite...*

On eut la cruauté de faire part à M. de Voltaire de
ce qu'avait écrit M. de Thibouville à Mme Denis; il
en fut singulièrement frappé et étonné. Il dit :

seconde fois pour l'entendre. Il s'est répandu en compliments
sur les enfants de Leurs Altesses, et principalement sur le duc ·
de Valois. *b)* Il a prétendu qu'il ressemblait au régent.

Tous ces vains honneurs, si propres à chatouiller l'amour-
propre de M. de Voltaire, excitent de plus en plus la fureur du
clergé; et ce carême, différents prédicateurs de cette capitale se
sont permis des sorties violentes contre lui. Elles l'auraient peu
ému, sans celle faite par l'abbé de Beauregard, ex-Jésuite, prêchant à Versailles devant le roi. Cet orateur chrétien très couru
a gémi sur la gloire dont on affectait de couvrir le chef audacieux d'une secte impie, le destructeur de la religion et des
mœurs, et a sensiblement désigné le vieillard de Ferney. Celui-
ci a jugé que Sa Majesté n'avait pas désapprouvé cette diatribe
évangélique, et que conséquemment elle est encore dans le préjugé défavorable qu'on a inspiré au roi contre lui; ce qui le dé-
sole, en lui ôtant l'espoir d'être jamais accueilli du monarque.
(Ibid., Ibid., p. 223, du 13 avril.)

« Il n'est pas vrai, dit Wagnière, qu'il (Voltaire) fût désolé
de n'être pas accueilli du roi.» *(Mémoires sur Voltaire,* etc., T. I,
p. 483. *Examen des Mémoires de Bachaumont.)*

M. de Voltaire, qui se pique de remplir toutes les bienséances
de la société scrupuleusement, n'est pas moins exact à rendre
les visites qu'à faire réponse aux lettres qu'il reçoit. Depuis qu'il
est rétabli parfaitement, il a beaucoup été dehors. Il a surtout
employé la quinzaine de Pâques à rendre les devoirs aux princes et aux grands du royaume qui sont venus l'admirer; il est

b) Le futur roi Louis-Philippe 1er. (E. D.)

C'est l'effet que sur moi fit toujours la menace.

Et dès ce moment il résolut de ne plus quitter Paris.

Le 24 avril, M. d'Argental lui envoya l'homme qui devait me remplacer pendant mon absence ; cet homme vint ensuite me l'apprendre lui-même. Alors je me rendis auprès de M. de Voltaire et lui demandai s'il

allé aussi chez les particuliers, et n'a pas même dédaigné de se transporter chez la plus célèbre Laïs du jour. C'est ainsi que le samedi saint on l'a vu chez Mlle Arnould.*a) (Mémoires secrets,* etc., T. XI, p. 241, du 24 avril.)

Les séances publiques de l'Académie des sciences sont toujours très-nombreuses. Il y a souvent des étrangers illustres. Mais le gros des spectateurs ne consiste guère qu'en savants obscurs, en élèves, etc.; mais cette fois-ci c'était un monde différent ; tout ce que la beauté a de plus séduisant parmi le sexe, tout ce que la cour a de plus frivole en hommes aimables, tout ce que la littérature a de plus élégant et de plus recherché, s'était emparé de la salle. La géométrie, l'astronomie, la mécanique, etc., se sont trouvées exclues, pour ainsi dire, de leur sanctuaire par les Muses et les Grâces. C'est le cortége que traîne toujours à sa suite M. de Voltaire, et l'on savait qu'il devait ce jour-là jouir en ce lieu d'un autre triomphe, d'une seconde apothéose. En effet, à peine a-t-il paru, que les acclamations et les battements des mains se sont fait entendre de la façon la plus bruyante ; et quoiqu'il ne soit pas membre de l'Académie, le vœu général de Messieurs les académiciens a été que ce philosophe prît place parmi les honoraires. On y avait déjà vu M. Franklin; mais la réunion des deux vieillards, qui se sont embrassés aux yeux de l'assemblée, a produit une sensation nouvelle, et les brouhaha ont repris plus vivement. Le tumulte

a) Sophie Arnould, la célèbre actrice de l'Opéra. (E. D.)

était vrai qu'il m'envoyât à Ferney et qu'il prît cette personne à ma place? Il se leva vivement de son fauteuil, me sauta au cou, criant avec force : « Ah! mon ami! mon ami! écoutez-moi, je vous prie, écoutez-moi.» Il me serrait dans ses bras et nous fondions en larmes ; ensuite il me dit : « Je ne puis m'en retour-

ayant cessé, le secrétaire a commencé, et l'on a lu différents éloges et mémoires. (*Ibid., Ibid.,* p. 247, du 29 avril.)

Lundi dernier 27 avril, M. de Voltaire est allé à une séance particulière de l'Académie française. L'abbé de Lille y lut quelques morceaux détachés de son poème sur l'art d'orner, de peindre la nature et d'en jouir, et la traduction de la célèbre épître de Pope au docteur Arbuthnot. Pendant cette lecture, le vieux malade, se rappelant les vers anglais de Pope, les comparait à la traduction et préférait celle-ci.

M. de Voltaire, à cette occasion, se plaignait de la pauvreté de la langue française; il parla de quelques mots peu usités, et qu'il serait à désirer qu'on adoptât, celui de tragédiens, par exemple, pour exprimer un acteur jouant la tragédie. «Notre langue est une gueuse fière, disait-il, il faut lui faire l'aumône malgré elle. »

Il fut ensuite voir jouer *Alzire;* il était *incognito* dans une petite loge, celle de Mme Hébert. Mais le parterre l'ayant entrevu, interrompit la pièce pendant plus de trois-quarts d'heure pour l'applaudir. Au milieu de l'enthousiasme général, M. le chevalier de Lescure, officier au régiment d'infanterie d'Orléans, s'échauffa, et il présenta au moderne Sophocle, sortant de sa loge, l'impromptu suivant :

Ainsi chez les Incas, dans leurs jours fortunés,
Les enfants du soleil, dont nous suivons l'exemple,
Aux transports les plus doux étaient abandonnés,
Lorsque de ses rayons il éclairait leur temple.

4

ner à présent à Ferney; je vous prie instamment de
vous y rendre pour y chercher les papiers dont j'ai
besoin et me les rapporter...» Je lui dis que j'étais
prêt à exécuter ses ordres... « Puissé-je, mon cher
maître, vous revoir bientôt en bonne santé! » —
« Hélas! mon ami, répondit-il, je souhaite de vivre
pour te revoir et de mourir dans tes bras.» Je m'ar-
rachai alors des siens et me retirai sans pouvoir lui

M. de Voltaire a répondu à ce mauvais quatrain par les deux
vers de *Zaïre*, qu'on a trouvés fort impertinemment dans sa
bouche :

> Des chevaliers français tel est le caractère,
> Leur noblesse en tout temps me fut utile et chère.

(Ibid., Ibid., du 2 mai.)

Il paraît constant que M. de Voltaire ne retournera point à
Ferney. Il s'est déterminé à se séparer pour quelque temps de
son secrétaire Wagnière, et à l'envoyer là-bas pour remettre
ordre à tout, et lui faire venir sa bibliothèque. L'éloignement
où ce philosophe est resté à la cour lui a fait craindre quelque
orage s'il s'absentait. La ligue générale du clergé contre lui est
formidable, et en effet, il aurait bien pu recevoir défense de revenir. (*Ibid., Ibid.,* p. 264, du 13 mai.)

On raconte que ces jours derniers, M. de Voltaire étant chez
Mⁿᵉ la maréchale de Luxembourg, il fut question de guerre.
Cette dame en déplora les calamités, et souhaitait que les Anglais et nous, entendissions assez nos intérêts et ceux de l'humanité pour la terminer sans effusion de sang, par un bon traité
de paix : « Madame dit le philosophe, en montrant l'épée du
maréchal de Broglie, qui était présent, voilà la plume avec laquelle il faut signer ce traité. (*Ibid., Ibid.,* du 16 mai.) (E. D.)

rien dire de plus, tant j'étais plein de trouble et d'a-
gitation.

Telles sont les dernières paroles que j'ai entendu
prononcer à ce grand homme, à cet être extraordinaire, vertueux et bon, à mon cher maître, mon père,
mon ami, qu'un destin fatal n'a pas permis que je
revisse et que je pleure chaque jour.

. . . .

Quelques jours après mon départ, il se rendit à une
séance de l'Académie des sciences, où il fut reçu
comme partout ailleurs.

(Wagnière, *Relation du voyage de M. de Voltaire à Paris
en 1778 et de sa mort*. Extraits de la p. 120 à la
p. 153 du t. I des *Mémoires sur Voltaire,* etc.).

III

Dernière maladie de Voltaire. Sa mort.

L'idée lui était venue d'engager l'Académie française à refaire son dictionnaire; il eut beaucoup de
peine à faire passer son avis[1]; il s'anima très fort, ce

[1] L'entreprise était sans doute d'une indiscutable utilité; mais
il y avait à vaincre l'indolence de confrères qui, d'ailleurs, n'é-
taient pas tous également propres à cette matière de travail. Force
fut bien, pourtant, de céder et de consigner, avant de se séparer, cette grave résolution dans les registres de la compagnie. a)
Ce n'était pas assez. Voltaire insista pour que l'on se partageât
immédiatement les vingt-quatre lettres de l'alphabet; il se faisait
son lot et s'attribuait la lettre la plus chargée, la lettre A. b)
M. de Foncemagne objecta bien la somme des années; mais on
comprend que l'argument dut sembler insuffisant au patriarche de
Ferney, qui se fâcha tout de bon contre son vieil ami, et finit
par le ramener à résipiscence..... En prenant congé de l'assem-

a) Secrétariat de l'Institut. Registre des présences à l'Académie Française, depuis
1757, du jeudi 7 mai 1778.
b) S'il s'attribua la lettre A, comme le dit Grimm, il ne se borna pas à cette seule
lettre, et l'on a recueilli tous les articles composés par lui, compris dans la lettre T.
Œuvres complètes (Beuchot), t. XXXII, p. 295 à 409.

qui parut un peu déplaire à ses confrères. Peut-être cette espèce d'ascendant ou de supériorité qui, aux yeux de plusieurs d'entre eux, semblait être acquise à son âge et à son génie, donnait quelque ombrage à d'autres. Il prit en cinq fois, pendant cette séance, deux tasses et demie de café. On a induit le roi de Prusse en erreur sur ce point (et j'ai eu l'honneur de le dire à Sa Majesté). Dans l'éloge qu'il a fait de ce grand homme, il dit que M. de Voltaire, ayant pris en un jour cinquante tasses de café, cela lui avait allumé le sang et causé la mort [1].

C'est sa nouvelle façon de vivre, c'est son séjour à Paris, c'est le chagrin intérieur qu'il éprouvait, qui lui ont mis le sang en effervescence, ainsi qu'on le

blée, l'auteur du *Dictionnaire philosophique*, enchanté de son succès, disait à ceux-ci : « Messieurs, je vous remercie au nom de l'alphabet, « et nous, lui répondit le chevalier de Chastellux, nous vous remercions au nom des lettres. a) (Gustave Desnoiresterres, *Voltaire et la société au XVIIIme siècle, Retour et mort de Voltaire*, p. 333-334. Paris, Didier et Cᵉ, 1876.)

[1] Deux tasses et demie en cinq fois, ont pu passer pour cinq tasses aux yeux de quelques spectateurs. L'un d'eux aura pu écrire qu'on avait vu M. de Voltaire prendre cinq tasses de café de suite, c'est-à-dire dans la même séance, et puis quelque copiste aura transformé *cinq* en *cinquante* pour la journée entière. (Note de l'éditeur des *Mémoires sur Voltaire*, etc., p. 154.)

a) Grimm, *Correspondance littéraire* (Paris, Furne), t. X, p. 35, mai 1778. — *Correspondance secrète, politique et littéraire* (Londres, John Adamson), t. VI, p. 235, 236; de Paris, le 23 mai 1778. (Note de l'auteur.)

voit dans le peu de lettres qu'il m'a écrites, les premiers jours après mon départ de Paris.

Il avait promis de retourner deux jours après à l'Académie, mais il fut dans l'impossibilité d'y aller. Se promenant dans l'après-dînée, il rencontra Mme Denis et Mme de Saint-Julien (née marquise de la Tour-du-Pin), femme de beaucoup d'esprit, très aimable, et qui lui était extraordinairement attachée. Il leur dit que se sentant tout malingre, il allait se coucher. Deux heures après, Mme de Saint-Julien alla le voir et trouva qu'il avait la fièvre; elle dit à Mme Denis qu'il faudrait envoyer chercher M. Tronchin; on lui répondit que cela n'était rien, que le malade était accoutumé de se plaindre. Mme de Saint-Julien, inquiète, revint encore vers les dix heures, et voyant que la fièvre avait augmenté, elle témoigna son étonnement du peu de soin que l'on avait de lui : même réponse. M. de Villette envoya chercher un apothicaire qui vint avec une liqueur; on proposa au malade d'en prendre; il se récria beaucoup, dit qu'il n'avait jamais fait usage de liqueur spiritueuse et qu'il prendrait encore moins, dans l'état où il était, une drogue de chimie. Mme de Saint-Julien s'y opposa aussi fortement; cependant, à force d'instances, on engagea ce malheureux vieillard à en avaler, l'assurant qu'il serait guéri le lendemain. Mme de Saint-Julien eut la curiosité de goûter de cette liqueur; elle m'a juré qu'elle était si violente, qu'elle lui brûla la langue et qu'elle n'en put pas souper. C'est d'elle-même que je tiens les détails que je rapporte.

Le malade étant après cela dans une agitation terrible, écrivit à M. le maréchal de Richelieu et le pria de lui envoyer de son opium préparé. Mme de Saint-Julien et un parent de M. de Voltaire insistèrent longtemps auprès de Mme Denis pour qu'elle ne permît pas qu'il prît encore de l'opium, disant qu'il serait certainement un poison pour lui; ils ne l'obtinrent point; au contraire, M. de Villette dit que le malade pourrait tout au plus être fou une couple de jours, que cela lui était arrivé à lui-même.

On a prétendu qu'après avoir fait avaler à M. de Voltaire une bonne dose de cet opium, la bouteille fut cassée. Je n'ai jamais pu tirer au clair ce dernier fait; je sais seulement qu'ils se réunirent tous pour assurer au malade qu'il l'avait bue entièrement. M. de Villette dit avoir vu M. de Voltaire, seul dans sa chambre, achever de la vider. Mme de Saint-Julien lui dit alors qu'il était un grand malheureux de n'avoir pas sauté sur lui pour l'en empêcher.

Quoique l'opium eut affecté le cerveau du malade,

il écrivit lui-même une ordonnance et envoya chercher des drogues chez le même apothicaire, quatre
fois consécutivement dans une nuit[1]. On sent combien il peut être dangereux d'abandonner à lui-même
un malade dans cet état et combien aisément il peut
mettre une lettre, un mot pour un autre, dans une
pareille ordonnance; ce qui peut changer entièrement le nom et l'espèce des médicaments. Certainement on doit avoir des reproches à se faire, sur cet
article au moins; l'apothicaire lui-même n'est point
excusable. Pourquoi n'avoir pas fait tenir continuellement auprès du malade, comme je le fis pendant son
hémorrhagie, un médecin ou un chirurgien, qui l'aurait empêché de prendre ainsi des remèdes qu'on
voyait opérer un effet tout contraire à celui que le
patient désirait? Mais.....[2]

[1] L'apothicaire refusa enfin la cinquième prise, mais il n'était
plus temps. (Note de l'auteur.)

[2] Ces points sont dans le manuscrit. Nous ne devons point
taire ici ce que le comte d'Argental, qui voyait tous les jours le
malade, nous a dit alors, et confirmé depuis par lettre: c'est que
ce n'est point du tout à l'opium que la mort de son ami doit
être imputée, mais seulement à la strangurie, maladie ancienne,
qu'un régime doux et bien approprié rendait tolérable, mais qui,
par l'excès de la fatigue et un échauffement extraordinaire,
augmenta beaucoup d'intensité, et devint bientôt incurable.
(Note de l'éditeur des *Mémoires sur Voltaire et sur ses ouvrages*,

Il n'y eut plus alors de ressources; ce qu'on lui avait donné porta à la vessie, occasionna une rétention d'urine et ensuite la gangrène; le malade souf-

par Longchamp et Wagnière, ses secrétaires. Paris, Aimé André, 1826, T. I, p. 156.)

M. de Voltaire, enchanté de la bonne santé du maréchal de Richelieu, qui monte encore à cheval comme un jeune militaire qui fait ses exercices, lui a demandé comment il faisait pour dormir; le maréchal lui a parlé d'un calmant excellent qu'il avait, et lui a promis de lui en faire part. Il lui en a envoyé une certaine quantité pour plusieurs fois. Le vieux philosophe, qui a grande envie de vivre, en a pris une dose si forte qu'il en a été très mal. Il paraît qu'il y a beaucoup d'opium dans cet élixir, et depuis ce temps, il appelle le maréchal de Richelieu son frère *Caïn*. Cet accident grave qui lui est survenu, lui a fait reprendre le projet de retourner à Ferney, pour trouver, dit-il, son tombeau, et en être plus près; mais l'adulation qu'on va lui prodiguer de nouveau à forte dose, le guérira sans doute une seconde fois de cet envie. (*Mémoires secrets,* etc., dits *de Bachaumont,* T. XI, pages 274 et suivantes, du 24 mai 1778.)

M. de Voltaire, loin d'être tout à fait quitte de l'accident que lui a occasionné le fatal présent de son frère *Caïn*, est retombé plus gravement; et quoiqu'on ne puisse savoir au juste son état par le silence que gardent ses domestiques, ses parents et ses amis, quoiqu'on ait affecté de rassurer le public dans le *Journal de Paris,* on a tout lieu de craindre qu'il succombe cette fois.

Il paraît que la crainte de voir arriver des prêtres autour de lui une seconde fois, et le déterminer à quelque démarche confirmative de la première, est la cause du mystère qu'on observe. Cependant le clergé fulmine, et menace de ne point enterrer le moribond en terre sainte, s'il persiste dans un scandale et ne satisfait pas au moins à l'extérieur. (*Ibid., Ibid.,* 28 mai.)

(E. D.)

frait des douleurs inouïes. Les bains, les remèdes ra-
fraîchissants que lui ordonna M. Tronchin, quand on
l'eut appelé, ne pouvaient le soulager. Tout fut inutile, le mal était devenu incurable. M. de Voltaire
resta ainsi pendant vingt jours.

Il sentit alors toute l'horreur de son état, combien
il avait été trompé, combien il avait eu tort de quitter
sa douce retraite. Il ne voulut plus rien prendre et fit
sortir sa nièce et tout le monde avec de vifs reproches.

. . . .

Quand on vit que le malade était sans ressource,
Mᵐᵉ Denis m'écrivit enfin que son oncle avait été
fort malade, mais que cela allait mieux; que, cependant, je devais partir sur-le-champ, en rapportant
avec moi tous les papiers d'affaires de son oncle; je
reçus ces lettres le 28 mai à midi: je pris la poste sur
l'instant, passai par Lyon et j'arrivai à Paris le Iᵉʳ juin
à huit heures du matin.

Dès le 26, on avait ordonné de préparer le carrosse
de mon maître pour le mener enterrer. C'est le jour
où M. de Voltaire fit sortir sa nièce de sa chambre,
en l'accusant d'être la cause de sa mort. Elle ne le
revit plus depuis.

Deux jours avant cette mort fatale, M. l'abbé Mignot alla chercher M. le curé de Saint-Sulpice avec l'abbé Gautier et les conduisit dans la chambre du malade, à qui l'on apprit que l'abbé Gautier était là. « Eh bien, dit-il, qu'on lui fasse mes compliments et mes remercîments[1].» L'abbé lui dit quelques mots et

[1] Avant d'entrer dans la chambre de M. de Voltaire, je lus à M. le marquis de Villette la rétractation que j'exigeais; il la trouva fort bien, et me dit qu'il ne s'y opposait pas. Nous entrâmes ensuite dans l'appartement de M. de Voltaire. M. le curé de Saint-Sulpice voulut lui parler le premier, mais le malade ne le reconnut pas. J'essayai de lui parler à mon tour; M. de Voltaire me serra les mains et me donna des marques de confiance et d'amitié; mais je fus bien surpris lorsqu'il me dit : *M. l'abbé Gaultier, je vous prie de faire mes compliments à l'abbé Gaultier.* Il continua de me dire des choses qui n'avaient aucune suite. Comme je vis qu'il était en délire, je ne lui parlai ni de confession, ni de rétractation. Je priai les parents de me faire avertir dès que la connaissance lui serait revenue; ils me le promirent. Hélas ! Je me proposais de revoir le malade, lorsque le lendemain on m'apprit qu'il était mort, trois heures après que nous l'eûmes quitté, c'est-à-dire le 30 mai 1778, sur les onze heures du soir..... Elie Harel, *Voltaire, particularités curieuses de sa vie et de sa mort* (Paris, 1817). Mémoires de l'Abbé Gaultier concernant tout ce qui s'est passé à la mort de Voltaire.

Lorsque l'abbé Gaultier, qui l'avait confessé il y a deux mois, et le curé de Saint-Sulpice entrèrent chez lui, on le lui annonça : il fut quelque temps avant d'entendre; enfin, il répondit : *Assurez-les de mes respects.* Le curé s'approcha et lui dit ces paroles : *M. de Voltaire, vous êtes au dernier terme de votre vie : reconnaissez-vous la divinité de Jésus-Christ ?* Le mourant répéta deux fois : *Jésus-Christ ! Jésus-Christ !* et étendant sa main et repoussant le

l'exhorta à la patience; le curé de Saint-Sulpice s'a-
vança ensuite, s'étant fait connaître, et demanda à
M. de Voltaire, en élevant la voix, *s'il reconnaissait la
divinité de notre Seigneur Jésus-Christ?* Le malade porta
une de ses mains sur la calotte du curé, en le repoussant, et s'écria, en se retournant brusquement de

curé : *Laissez-moi mourir en paix. Vous voyez qu'il n'a pas sa tête,*
dit très sagement le curé au confesseur, et ils sortirent tous
deux. Sa garde s'avança vers son lit; il lui dit avec une voix
assez forte, en montrant de la main les deux prêtres qui sor-
taient : *Je suis mort.....* La Harpe, *Correspondance littéraire.*
(Paris, Migneret, 1804). T. II, p. 243.

On annonça à M. de Voltaire l'arrivée du curé de Saint-Sulpice. La première fois, il ne parut pas avoir entendu. On répéta;
alors M. de Voltaire répondit : *Dites-lui que je le respecte,* et il
passa son bras autour du curé, pour lui donner une marque d'attachement. Le curé s'approcha alors plus près du lit, et après
lui avoir parlé de Dieu, de la mort et de sa fin prochaine, il lui
demanda d'une voix assez haute : *Monsieur, reconnaissez-vous la
divinité de Jésus-Christ?* Aussitôt M. de Voltaire parut rassembler
toutes ses forces, fit effort pour se mettre sur son séant, quitta
brusquement le curé, qu'il tenait presque embrassé, et se servant
du même bras, qu'il avait jeté autour du col du curé, il fit un
geste de colère et d'indignation, et paraissant repousser ce prêtre fanatique, il lui dit d'une voix faible, mais très accentuée :
Laissez-moi mourir en paix, et il lui tourna le dos. *(Récit inédit de
la mort de Voltaire,* envoyé à Catherine II par le prince Ivan
Bariatinski, son ambassadeur à Paris (17-18 juin 1778), publié
dans le *Journal des Débats* du 30 janvier 1869.)

l'autre côté : « *Laissez-moi mourir en paix !*[1] » Le curé, apparemment, crut sa personne souillée et sa calotte déshonorée par l'attouchement d'un philosophe ; il se fit donner un coup de brosse par la garde-malade et partit avec l'abbé Gautier. Après leur sortie, M. de Voltaire dit : « *Je suis donc un homme mort !* »[2]

Le 30 mai 1778, à onze heures et un quart du soir, ce grand homme expira avec la plus parfaite tranquillité, après avoir souffert les douleurs les plus cruelles, suite des drogues funestes que son imprudence et surtout celle des personnes qui l'entouraient lui firent prendre. Dix minutes avant de rendre le dernier soupir, il prit la main de Morand, son valet de chambre, qui le veillait, la lui serra et lui dit : « Adieu,

---

[1] Voltaire écrivait, le 9 mai 1764, à Mme du Deffand : « Ce n'est pas la mort, c'est l'appareil de la mort qui est horrible ; c'est la barbarie de l'extrême-onction..... On dit quelquefois d'un homme : il est mort comme un chien ; mais vraiment un chien est très heureux de mourir sans tout cet attirail dont on persécute le dernier moment de notre vie. »
Et à d'Alembert, le 26 juin 1766 : « Je mourrai, si je puis, en riant. »   (E. D.)

[2] Dans le temps qu'il était à Ferney, il m'avait toujours dit : « Si, lorsque je serai malade, il se présente quelque prêtre, ayez soin de l'éconduire. » (Note de l'auteur.)

mon cher Morand, je me meurs.» Voilà les dernières
paroles qu'a prononcées M. de Voltaire[1].

(WAGNIÈRE. *Ibid*. Pages 153 à 161 du T. I des
Mémoires sur Voltaire.)

[1] C'est d'après le récit de Morand que Wagnière parle ici des
derniers moments de Voltaire. Il est d'accord, pour le fond, avec
Condorcet et l'abbé Duvernet, et n'en diffère que dans quelques
petits détails. Par exemple, il rapporte plus brièvement qu'eux
cette réponse de Voltaire au curé de Saint-Sulpice : *Au nom de
Dieu, ne me parlez pas de cet homme-là ; laissez-moi mourir en paix.*
C'est ainsi que M. de Villevieille, qui était présent, l'a entendue
et rapportée à Condorcet. Il nous l'a depuis confirmée plusieurs
fois. Morand était bien alors dans la chambre du malade, mais
n'était pas aussi à portée de le bien entendre que M. de Villevieille. Du reste, ce brave et honnête serviteur, que nous avons
bien connu, rapportait exactement les faits dont il avait été témoin, et répétait de bonne foi ce qu'il ne savait que par ouï
dire. (Note de l'éditeur des *Mémoires sur Voltaire et sur ses ouvrages,* par Longchamp et Wagnière, ses secrétaires. Paris, Aimé
André, 1826, T. I, p. 161-162.)

M. de Voltaire est mort hier sur les onze heures du soir.
Comme les prêtres refusent de l'enterrer, et qu'on n'ose envoyer
son corps à Ferney, où cependant son tombeau l'attend, on est
à chercher quelque tournure pour y suppléer. (*Mémoires secrets,*
dit *Mémoires de Bachaumont,* T. XI, p. 282, du 31 mai 1778.)

Il paraît qu'il a conservé sa tête jusqu'au dernier instant, et
qu'il travaillait encore la veille de sa mort. Outre les divers ouvrages qu'il avait sur le métier depuis qu'il avait été élevé à la
place de Directeur de l'Académie française, il avait pris à cœur
son illustration, et voulait refondre son dictionnaire.

Une consolation très grande qu'il a eue avant sa mort, a été
de voir l'arrêt contre M. de Lally, cassé. On assure que sur l'a-
vis que lui en a donné sur-le-champ M. de Lally-Tolendal, il

lui a répondu et témoigné sa satisfaction. On sait que M. de Voltaire avait écrit contre cet arrèt. *(Ibid.,* T. XII, pages 5, 6 et 7, du 2 juin.)

Un plaisant vient de mettre en action la mort de Voltaire, sous le titre de *Voltaire triomphant* ou les *Prêtres déçus.* Dans ce drame en un acte, en prose, les acteurs sont Voltaire, le marquis de Villette, La Harpe, La *Fortune,* le Secrétaire de Voltaire, le Curé de Saint-Sulpice, l'abbé Gautier, supérieur de la maison des Incurables, *La Pilule,* garçon apothicaire. La scène est à Paris, dans l'hôtel du marquis de Villette. Cette facétie est un résumé de tout ce qui s'est passé lors de cet événement qui causa tant de scandale dans le temps, et parmi les dévots, et parmi les philosophes. L'intrigue consiste dans la substitution du secrétaire, qui s'alite et se confesse à la place de son maître. De là l'enchantement de l'abbé Gautier et du curé, qui, voulant compléter leur victoire par l'administration solennelle du viatique, sont reçus du vrai Voltaire avec les blasphèmes qu'il proféra, dit-on, en ces derniers instants ; ce qui déconcerte ces messieurs et les couvre de honte et de ridicule. Quoiqu'il n'y ait pas beaucoup d'invention dans cette facétie, elle est amusante et se lit avec plaisir. On ne doute pas que quelque chef philosophe ne l'ait déjà jouée ou ne la joue incessamment. *(Ibid.,* T. XXXVI et dernier, p. 317, du 25 décembre 1787.)

D'après M. Evariste Bavoux, Voltaire mourut dans une pièce à alcôve sur la cour. « Ce premier étage, dit-il, est occupé aujourd'hui (1860) par M. le baron Bourgoing, sénateur. Dans le salon, j'ai relevé deux inscriptions latines : « *Venis Coronaberis.* » En face : *Tecum Veniam.* Il est probable que ces inscriptions ont été mises par M. de Villette, qui les aimait, à en juger par celles de Ferney. L'initiale V gravée plusieurs fois au plafond du salon, signifie-t-elle Voltaire ou Villette ? Ce plafond est peint par Boucher. On sait que l'appartement où est mort Voltaire a été fermé pendant de longues années..... » *(Voltaire à Ferney.* Sa correspondance avec la duchesse de Saxe-Gotha, suivie de lettres et de notes historiques entièrement inédites, recueillies et publiées par MM. Evariste Bavoux et A. F. [Paris, Didier et Cᵉ, 1860], p. 6 et 7.)

D'après M. Gustave Desnoiresterres, toujours si admirablement renseigné, *l'hôtel de la rue de Beaume* ne devait être rouvert que trente ans après que Mᵐᵉ de Villette en était sortie, et d'après M. E. Bavaux, c'est *l'appartement* où est mort Voltaire qui a été *fermé pendant de longues années.*

Voici, sur ce sujet, une autre version, donnée par le journal le *Rappel,* le 30 mai 1877 : « Il y a quatre-vingt-dix-neuf ans, le 30 mai, Voltaire mourait à Paris, chez le marquis de Villette. Les fenêtres de l'*appartement* où il expirait, au premier, sur le quai qui porte aujourd'hui son nom et sur la rue de Beaume, *n'ont jamais été ouvertes depuis cette journée néfaste pour la France,* en vertu d'une clause du testament de la marquise de Villette, et elles ne doivent être ouvertes qu'au centième anniversaire de sa mort, c'est-à-dire, l'an prochain. Victor Hugo, qui possède d'une façon prodigieuse tous les souvenirs parisiens, nous révélait dernièrement cette clôture perpétuelle, qui a persisté à travers les orages de l'histoire de la grande cité, et ajoutait qu'il avait constaté le matin même la fermeture des fenêtres en question. »   (E. D.)

IV

Mort de Voltaire

(VERSION DE GRIMM)

Juin (1778). Il est tombé dans l'abîme funeste ; les derniers rayons de cette clarté divine viennent de s'éteindre, et la nuit qui va succéder à ce beau jour durera peut-être une longue suite de siècles[1].

[1] M. de Voltaire est mort le 30 du mois dernier, entre dix et onze heures du soir, âgé de quatre-vingt-quatre ans et quelques mois. Il paraît que la principale cause de sa mort est la strangurie, dont il souffrait depuis plusieurs années, et dont les fatigues du séjour de Paris avaient sans doute hâté le progrès. A l'ouverture de son corps, on a trouvé les parties nobles assez bien conservées, mais la vessie toute tapissée intérieurement de pus, ce qui peut faire juger des douleurs excessives qu'il a dû éprouver avant que le mal fût arrivé à cette dernière période. Des ménagements extrêmes auraient pu en retarder peut-être le terme ; mais il en était incapable. Ayant appris qu'à une séance de l'Académie, à laquelle il ne put assister, le projet qu'il avait

5

Le plus grand, le plus illustre peut-être, hélas! l'unique monument de cette époque glorieuse où tous les talents, tous les arts de l'esprit humain semblaient s'être élevés au plus haut degré de perfection, ce superbe monument a disparu! Un coin de terre ignoré en dérobe à nos yeux les tristes débris.

Il n'est plus, celui qui fut à la fois l'Arioste et le Virgile de la France, qui ressuscita pour nous les chefs-d'œuvre des Sophocle et des Euripide, dont le génie atteignit tour à tour la hauteur des pensées de Corneille, le pathétique sublime de Racine; et, maître de l'empire qu'occupaient ces deux rivaux de la

fait adopter à ces Messieurs pour une nouvelle édition de leur dictionnaire avait essuyé des contradictions sans nombre, il craignit de le voir abandonné, et voulut composer un discours pour les faire revenir à son premier plan. Pour remonter ses nerfs affaiblis, il prit une quantité prodigieuse de café; cet excès dans son état et un travail suivi de dix et de douze heures renouvelèrent toutes ses souffrances et le jetèrent dans un accablement affreux. M. le maréchal de Richelieu l'étant venu voir dans la soirée, lui dit que son médecin lui avait ordonné dans des circonstances assez semblables quelques prises de laudanum qui l'avaient toujours soulagé très promptement. M. de Voltaire en fit venir sur-le-champ; et dans la nuit, au lieu de trois ou quatre gouttes, il en prit presque une fiole entière. Il tomba depuis ce moment dans une espèce de léthargie qui ne fut interrompue que par l'excès de la douleur, et ne reprit que par intervalle l'usage de ses sens. (Note de l'auteur.)

scène, en sut découvrir un nouveau plus digne encore de sa conquête dans les grands mouvements de la nature, dans les excès terribles du fanatisme, dans le contraste imposant des mœurs et des opinions.

Il n'est plus, celui qui dans son immense carrière embrassa toute l'étendue de nos connaissances et laissa presque dans tous les genres des chefs-d'œuvre et des modèles; le premier qui fit connaître à la France la philosophie de Newton, les vertus du meilleur de nos rois et le véritable prix de la liberté, du commerce et des lettres.

Il n'est plus, celui qui, le premier peut-être, écrivit l'histoire en philosophe, en homme d'Etat, en citoyen; combattit sans relâche tous les préjugés funestes au bonheur des hommes, et couvrant l'erreur et la superstition d'opprobre et de ridicule, sut se faire entendre également de l'ignorant et du sage, des peuples et des rois.

Appuyé sur le génie du siècle qui l'a vu naître, seul il soutenait encore dans son déclin l'âge qui l'a vu mourir, seul il en retardait encore la chute. Il n'est plus et déjà l'ignorance et l'envie osent insulter sa cendre révérée. On refuse à celui qui méritait un temple et des autels ce repos de la tombe, ces simples honneurs qu'on ne refuse pas même au dernier des humains [1].

Le fanatisme, dont le génie étonné tremblait devant celui d'un grand homme, le voit à peine expirant qu'il

[1] Ce n'est ni aux préventions de la cour, ni à celles des ministres, ni peut-être même au zèle intolérant des chefs du clergé, qu'il faut attribuer les difficultés que l'on a faites pour inhumer M. de Voltaire en terre sainte ; c'est dans la conduite ridicule et pusillanime de sa famille, c'est dans les intrigues de quelques dévotes et de leurs directeurs qu'il faut chercher l'origine d'une persécution si lâche et si honteuse. En ne supposant pas même qu'on pût refuser à M. de Voltaire ce qu'on ne refuse à aucun citoyen, en suivant simplement la marche indiquée par les lois et par l'usage, il n'y a pas une voix qui eût osé s'élever publiquement pour être l'organe du fanatisme le plus odieux ou de la haine la plus barbare. Mais je ne sais quelles alarmes, quelles inquiétudes semées secrètement sous le nom spécieux du zèle et de la piété, une fois répandues, on a craint l'éclat du scandale. Les dévots ont fait montre alors de leur crédit, de leur puissance ; et l'on a cru devoir prendre toutes les mesures imaginables pour éviter une discussion dont il n'est jamais aisé de mesurer au juste les conséquences. Quoique les chroniques secrètes de la cour assurent que M. de Voltaire avait les droits les plus intimes sur les égards et sur l'amitié de M. le duc de Nivernais, on prétend que c'est Mme de Gisors et Mme de Nivernais qui ont excité plus que personne et l'archevêque et les curés de Paris à refuser un asile aux cendres de ce grand homme. Nous aimons encore mieux accuser de cette injustice le zèle aveugle d'une femme, qui peut-être d'ailleurs n'en est pas moins respectable, que l'esprit d'un corps entier dont les lumières nous permettaient d'attendre plus de tolérance et plus de charité.

(Note de l'auteur.)

se flatte déjà de reprendre son empire, et le premier effort de sa rage impuissante est un excès de démence et de lâcheté.

Qu'espérez-vous encore de tant de barbarie? Qu'apprendrez-vous à l'univers en exerçant sur cette dépouille mortelle votre furie et votre vengeance, si ce n'est la terreur et l'épouvante qu'il sut vous inspirer jusqu'au dernier moment de sa vie? Voilà donc quelle est aujourd'hui votre puissance! Un seul homme, sans autre appui que l'ascendant de la gloire et des talents, a résisté soixante ans à vos persécutions, a bravé soixante ans vos fureurs, et ce n'est que la mort qui vous livre votre victime, ombre vaine, insensible à vos injures, mais dont le seul nom est encore l'amour de l'humanité et l'effroi de ses tyrans.

Quel était donc votre dessein en refusant un simple tombeau à celui à qui la nature venait de décerner les honneurs d'un triomphe public? Avez-vous craint que ce tombeau ne devînt un autel et le lieu qui le renfermerait un temple? Avez-vous craint de voir confondu dans la foule des humains l'homme qui s'éleva au-dessus de tous les rangs par l'éclat et par la supériorité de son génie? Avez-vous pensé qu'il fût si fort de votre intérêt d'annoncer à l'Europe entière que le plus grand homme de son siècle était mort,

comme il avait vécu, sans faiblesse et sans préjugé ? [1]

En voulant couvrir, s'il vous eût été possible, de
l'obscurité la plus profonde le lieu où reposeraient les

---

[1] On sait que M. de Voltaire a regretté infiniment la vie;
eh! qui pouvait la regretter plus que lui? mais sans craindre la
mort et ses suites. Il a maudit souvent l'impuissance des secours
de la médecine; mais ce sont les douleurs dont il était tour-
menté, le désir qu'il aurait eu de jouir encore plus longtemps de
sa gloire et de ses travaux, non les remords d'une âme effrayée
par l'incertitude de l'avenir, qui lui arrachèrent ses plaintes et
ses murmures..... Il a vu quelques heures avant de mourir M. le
curé de Saint-Sulpice et M. l'abbé Gautier. Il a paru d'abord
avoir quelque peine à les reconnaître. M. de Villette les lui
ayant annoncés une seconde fois, il répondit sans aucune impatience : *Assurez ces Messieurs de mes respects.* A la prière de M.
de Villette, M. de Saint-Sulpice s'étant approché du chevet de
son lit, le mourant étendit son bras autour de sa tête comme
pour l'embrasser. Dans cette attitude, M. de Saint-Sulpice lui
adressa quelques exhortations, et finit par le conjurer de rendre
encore témoignage à la vérité dans ses derniers instants, et de
prouver, au moins par quelque signe, qu'il reconnaissait la divinité de Jésus-Christ..... A ce mot, les yeux du mourant paru-
rent se ranimer un peu, il repoussa doucement M. le curé, et
dit d'une voix encore intelligible : *Hélas! laissez-moi mourir tranquille!* M. de Saint-Sulpice se tourna du côté de M. l'abbé Gautier, et lui dit avec beaucoup de modération et de présence d'esprit : *Vous voyez que la tête n'y est plus.* Ces Messieurs s'étant retirés, il serra la main du domestique qui l'avait servi avec le
plus de zèle pendant sa maladie, nomma encore quelquefois
Mme Denis, et rendit peu de moments après les derniers soupirs. (Note de l'auteur.)

cendres de Voltaire, en cherchant à envelopper de ténèbres et de mystère le moment de sa mort, n'avez-
vous pas tremblé que les plus ardents de ses disciples
ne profitassent d'une circonstance si favorable pour
établir les preuves de son immortalité, de sa résurrec-
tion? Ah! vous savez trop bien que, l'eussent-ils
tenté, les ouvrages qui nous restent de lui ne permettaient plus de croire aux miracles de cette espèce [1].

Faibles et lâches ennemis de l'ombre d'un grand
homme! En tourmentant toutes les puissances du
ciel et de la terre pour lui ravir les hommages qui lui
sont dus, quel fruit attendez-vous de tant de vains efforts? Effacerez-vous son souvenir de la mémoire des
hommes? Anéantirez-vous cette multitude de chefs-
d'œuvre, éternels monuments de son génie, consacrés
dans toutes les parties du monde à l'instruction et à

[1] Il est certain qu'on a ignoré quelque temps dans le public
et l'heure et le jour de la mort de M. de Voltaire. Tout Paris
était encore à sa porte pour demander de ses nouvelles, lorsque
son corps avait déjà été enlevé pour être transporté à l'abbaye
de Scellières. Les ordres donnés pour sa sépulture ont été enve-
loppés de tout le mystère que pouvait exiger l'affaire d'Etat la
plus importante, et l'on doit avouer que ces précautions n'étaient
peut-être pas absolument inutiles; on croit qu'il aurait été fort
aisé d'échauffer pour un parti quelconque la foule qui assiégeait
encore la demeure de cet homme célèbre le lendemain de sa
mort. (Note de l'auteur.)

l'admiration des races futures? Est-ce par quelques défenses puériles, par quelques anathèmes impuissants que vous pensez enchaîner ces torrents de lumières répandus d'un bout de l'univers à l'autre?[1]

Non, sa gloire est au-dessus de toute atteinte, ses ouvrages en sont les garants immortels. Mais votre triomphe est encore assez beau : le vengeur des victimes opprimées par le fanatisme et la superstition n'est plus; ce grand ascendant sur l'esprit de son siècle, cet ascendant prodigieux qui tenait à sa personne, au caractère particulier de son esprit, à soixante ans de gloire et de succès, cet ascendant qui vous fit frémir tant de fois n'est plus à craindre. L'opinion publique, l'hommage de tous les talents, celui des hommes les plus distingués chez toutes les nations, la confiance et l'amitié de plusieurs souverains avaient érigé pour lui une sorte de tribunal supérieur en quelque manière à tous les tribunaux du monde, puisque la raison et l'humanité seules en avaient dicté le code, puisque le génie en prononçait tous les arrêts.

---

[1] Il a été défendu aux comédiens de jouer des pièces de Voltaire jusqu'à nouvel ordre, aux journalistes de parler de sa mort ni en bien, ni en mal, aux régents de collége de faire apprendre de ses vers à leurs élèves. (Note de l'auteur.)

Cette dernière défense existe encore, croyons-nous; en tous cas, il est très peu d'universitaires qui sachent les vers de Voltaire.   (E. D.)

C'est à ce tribunal respectable que l'on a vu s'évanouir plus d'une fois les foudres de l'injustice, de la calomnie et de la superstition ; c'est là que fut vengée l'innocence de Calas, des Sirven, de la Barre. L'espoir prochain du rétablissement de la mémoire de l'infortuné comte de Lally fut le fruit de ses derniers soins, le dernier succès pour lequel sa vie presque éteinte parut se rallumer encore ; peu de jours avant sa fin, plongé dans une espèce de léthargie, il en sortit quelques moments lorsqu'on lui apprit la nouvelle du jugement de cette affaire, et les dernières lignes qu'il dicta furent adressées au fils de cet illustre infortuné ; les voici : « *Le mourant ressuscite en apprenant cette grande nouvelle. Il embrasse bien tendrement M. de Lally. Il voit que le roi est le défenseur de la justice ; il mourra content* [1]. » Ce sont, pour ainsi dire, les derniers soupirs de cet homme célèbre.

GRIMM. *Gazette littéraire* (Paris, Eugène Didier, 1854).

[1] « Cela, dit M. Gustave Desnoiresterres, ne lui suffit pas ; on attachait par ses ordres à la tapisserie un papier sur lequel il faisait écrire : « Le 26 mai, l'assassinat juridique commis par » Pasquier (conseiller au Parlement), en la personne de Lally, » a été vengé par le conseil du roi. » *a*) (*Retour et mort de Voltaire*, p. 354.)   (E. D.)

a) La Harpe. Corresp. littéraire (Paris, Migneret, 1804), t. II, p. 242.

(Note de l'auteur.)

V

Même sujet

(VERSION DE CONDORCET)

Tant de travaux avaient épuisé ses forces. Un crachement de sang, causé par les efforts qu'il avait faits pendant les répétitions d'*Irène*, l'avait affaibli. Cependant l'activité de son âme suffisait à tout et lui cachait sa faiblesse réelle. Enfin, privé du sommeil par l'effet de l'irritation d'un travail trop continu, il voulut s'en assurer quelques heures pour être en état de faire adopter à l'Académie, d'une manière irrévocable, le plan du dictionnaire, contre lequel quelques objections s'étaient élevées, et il résolut de prendre de l'opium. Son esprit avait toute sa force; son âme, toute son impétuosité et toute sa mobilité naturelles; son caractère, toute son activité et toute sa gaieté, lorsqu'il prit le calmant qu'il croyait nécessaire. Ses amis l'avaient vu se livrer, dans la soirée même, à toute sa haine contre les préjugés, l'exhaler avec éloquence, et bientôt après ne plus les envisager que du côté ridicule, s'en moquer avec cette grâce et ces rapprochements singuliers qui caractérisaient ses plaisanteries. Mais il prit de l'opium[1] à plusieurs reprises, et se trompa sur les doses, vraisemblablement dans l'espèce d'ivresse que les premières avaient produite. Le même accident lui était arrivé près de trente ans auparavant et avait fait craindre pour sa vie. Cette fois, ses forces épuisées ne suffirent point pour combattre le poison. Depuis longtemps il souffrait des douleurs de vessie, et dans l'affaiblissement général des organes, celui qui déjà était affecté contracta bientôt un vice incurable.

A peine, dans le long intervalle entre cet accident funeste et sa mort, pouvait-il reprendre sa tête pendant quelques moments de suite, et sortir de la léthargie où il était plongé. C'est pendant un de ces intervalles qu'il écrivit au jeune comte de Lally, déjà si célèbre par son courage, et qui depuis a mérité de

---

[1] On m'a assuré que le domestique chargé d'aller chercher de l'opium chez l'apothicaire prit cette fois du laudanum, et que cette méprise fut l'immédiate cause de la mort de M. de Voltaire. (Note de l'auteur.)

l'être par son éloquence et son patriotisme, ces lignes, les dernières que sa main ait tracées, où il applaudissait à l'autorité royale, dont la justice venait d'anéantir un des attentats du despotisme parlementaire. Enfin il expira le 30 de mai 1778.

Grâce aux progrès de la raison et au ridicule répandu sur la superstition, les habitants de Paris sont, tant qu'ils se portent bien, à l'abri de la tyrannie des prêtres, mais ils y retombent dès qu'ils sont malades. L'arrivée de Voltaire avait allumé la colère des fanatiques, blessé l'orgueil des chefs de la hiérarchie ecclésiastique; mais en même temps elle avait inspiré à quelques prêtres l'idée de bâtir leur réputation et leur fortune sur la conversion de cet illustre ennemi. Sans doute ils ne se flattaient pas de le convaincre, mais ils espéraient le résoudre à dissimuler. Voltaire, qui désirait pouvoir rester à Paris sans y être troublé par les délations sacerdotales, et qui, par une vieille habitude de sa jeunesse, croyait utile, pour l'intérêt même des amis de la raison, que des scènes d'intolérance ne suivissent point ses derniers moments, envoya chercher dès sa première maladie un aumônier des Incurables, qui lui avait offert ses services et qui se vantait d'avoir réconcilié avec l'Eglise l'abbé de

Lattaignant, connu par des scandales d'un autre genre.

L'abbé Gautier confessa Voltaire et reçut de lui une profession de foi, par laquelle il déclarait qu'il mourait dans la religion catholique, où il était né.

A cette nouvelle qui scandalisa un peu plus les hommes éclairés qu'elle n'édifia les dévots, le curé de Saint-Sulpice courut chez son paroissien, qui le reçut avec politesse et lui donna, suivant l'usage, une au-mône honnête pour ses pauvres. Mais jaloux que l'abbé Gautier l'eût gagné de vitesse, il trouva que l'aumônier des Incurables avait été trop facile; qu'il aurait fallu exiger une profession de foi plus détaillée, un désaveu exprès de toutes les doctrines contraires à la foi que Voltaire aurait pu être accusé de soute-nir. L'abbé Gautier prétendait qu'on aurait tout perdu en voulant tout avoir. Pendant cette dispute, Vol-taire guérit; on joua *Irène,* et la conversion fut ou-bliée. Mais au moment de la rechute, le curé revint bien déterminé à ne pas enterrer Voltaire, s'il n'ob-tenait pas cette rétractation si désirée.

Ce curé était un de ces hommes moitié hypocrites, moitié imbéciles, parlant avec la persuasion stupide d'un énergumène, agissant avec la souplesse d'un jé-suite, humble dans ses manières jusqu'à la bassesse, arrogant dans ses prétentions sacerdotales, rampant auprès des grands, charitable pour cette populace dont on dispose avec des aumônes, et fatiguant les simples citoyens de son impérieux fanatisme. Il voulait absolument faire reconnaître au moins à Voltaire la divinité de *Jésus-Christ*, à laquelle il s'intéressait plus qu'aux autres dogmes. Il le tira un jour de sa léthargie, en lui criant aux oreilles : « Croyez-vous à la divinité de Jésus-Christ ? — Au nom de Dieu, monsieur, ne me parlez plus de cet homme-là, et laissez-moi mourir en repos, » répondit Voltaire.

Alors le prêtre annonça qu'il ne pouvait s'empêcher de lui refuser la sépulture. Il n'en avait pas le droit ; car, suivant les lois, ce refus doit être précédé d'une sentence d'excommunication ou d'un jugement séculier. On peut même appeler comme d'abus de l'excommunication. La famille, en se plaignant au parlement, eût obtenu justice ; mais elle craignit le fanatisme de ce corps, la haine de ses membres pour Voltaire, qui avait tonné tant de fois contre ses injustices et combattu ses prétentions. Elle ne sentit point que le parlement ne pouvait, sans se déshonorer, s'écarter des principes qu'il avait suivis en faveur des jansénistes, qu'un grand nombre de jeunes magistrats n'attendaient qu'une occasion d'effacer, par quelque

action éclatante, ce reproche de fanatisme qui les hu-
miliait, de s'honorer en donnant une marque de respect à la mémoire d'un homme de génie qu'ils avaient
eu le malheur de compter parmi leurs ennemis, et de
montrer qu'ils aimaient mieux réparer leurs injustices que venger leurs injures. La famille ne sentit pas
combien lui donnait de force cet enthousiasme que
Voltaire avait excité, enthousiasme qui avait gagné
toutes les classes de la nation et qu'aucune autorité
n'eût osé attaquer de front.

On préféra de négocier avec le ministère. N'osant
ni blesser l'opinion publique en servant la vengeance
du clergé, ni déplaire aux prêtres en les forçant de
se conformer aux lois, ni les punir en érigeant un
monument public au grand homme dont ils trou-
blaient si lâchement les cendres, et en le dédomma-
geant des honneurs ecclésiastiques, qu'il méritait si
peu, par des honneurs civiques dus à son génie et au
bien qu'il avait fait à la nation, les ministres approuvèrent la proposition de transporter le corps de Voltaire dans l'église d'un monastère dont son neveu
était abbé. Il fut donc conduit à Scellières : les prêtres étaient convenus de ne point troubler l'exécution de ce projet. Cependant deux grandes dames,
très dévotes, écrivirent à l'évêque de Troyes, pour

l'engager à s'opposer à l'inhumation, en qualité d'é-
vêque diocésain. Mais, heureusement pour l'honneur
de l'évêque, ces lettres arrivèrent trop tard et Voltaire
fut enterré.

L'Académie française était dans l'usage de faire un
service aux Cordeliers pour chacun de ses membres.
L'archevêque de Paris, Beaumont, si connu par son
ignorance et son fanatisme, défendit de faire ce service. Les Cordeliers obéirent à regret, sachant bien
que les confesseurs de Beaumont lui pardonnaient la
vengeance et ne lui prêchaient pas la justice. L'Académie résolut alors de suspendre cet usage, jusqu'à
ce que l'insulte faite au plus illustre de ses membres
eût été réparée. Ainsi Beaumont servit malgré lui à
détruire une superstition ridicule.

Cependant le roi de Prusse ordonna pour Voltaire
un service solennel dans l'église catholique de Berlin.
L'Académie de Prusse y fut invitée de sa part, et ce
qui était plus glorieux pour Voltaire, dans le camp
même où, à la tête de cent cinquante mille hommes,
il défendait les droits des princes de l'Empire et en
imposait à la puissance autrichienne, il écrivit l'éloge
de l'homme illustre dont il avait été le disciple et
l'ami, et qui peut-être ne lui avait jamais pardonné
l'indigne et honteuse violence exercée contre lui à

Francfort par ses ordres, mais vers lequel un sentiment d'admiration et un goût naturel le ramenaient
sans cesse, même malgré lui. Cet éloge était une
bien noble compensation de l'indigne vengeance des
prêtres[1].

De tous les attentats contre l'humanité que, dans
les temps d'ignorance et de superstition, les prêtres ont

[1] « Lorsqu'en 1778, dit Christian Bartholomès, le poëte eut fermé
les yeux, sous le poids des couronnes, Frédéric ordonna un service
solennel en son honneur, au nom des académiciens catholiques
de Prusse. Il voulut ainsi venger l'injure faite à l'auteur de la
Henriade par le cabinet de Versailles, qui avait défendu à l'Académie française de célébrer cette fois la cérémonie funèbre dont
elle avait coutume d'honorer tous les membres. « Quoique je
» n'aie aucune idée d'une âme immortelle, écrivait Frédéric à
» d'Alembert, on dira une messe pour la sienne. » La messe fut
dite, pendant que le roi représentait le défunt aux Champs-Ely-
sées, appuyé d'un côté sur l'épaule de Bayle, et de l'autre sur celle
de Montaigne (26 novembre 1778). Quelques mois plus tard, il
fit exécuter à Paris, par le fameux sculpteur Houdon, un buste
de Voltaire, et l'offrit à l'Académie de Berlin, dont Voltaire
avait fait partie, mais aux séances de laquelle il avait rarement
assisté. L'Académie plaça le bel ouvrage dans la salle de ses
réunions publiques où l'impitoyable satyrique, disait-elle, continuait à rire de ses collègues d'autrefois.

» Jusqu'au 12 juillet 1791, nul honneur public ne fut accordé
à Voltaire, excepté les hommages de Frédéric. Ces hommages
ne rachètent ils pas les torts que le roi pouvait avoir eus dans
ses démêlés avec Voltaire ? » *Histoire philosophique de l'Académie
de Prusse*..... (Paris, Marc Ducloux, 1850). T. I, p. 190 et 191.
(E. D.)

6

obtenu le pouvoir de commettre avec impunité, celui qui s'exerce sur les cadavres est sans doute le moins nuisible ; et, à des yeux philosophiques, leurs outrages ne peuvent paraître qu'un titre de gloire. Cependant le respect pour les restes des personnes qu'on a chéries n'est point un préjugé : c'est un sentiment inspiré par la nature même, qui a mis au fond de nos cœurs une sorte de vénération religieuse pour tout ce qui nous rappelle des êtres que l'amitié ou la reconnaissance nous ont rendus sacrés. La liberté d'offrir à leurs dépouilles ces tristes hommages est donc un droit précieux pour l'homme sensible ; et l'on ne peut sans injustice lui enlever la liberté de choisir ceux que son cœur lui dicte, encore moins lui interdire cette consolation, au gré d'une caste intolérante, qui a usurpé, avec une audace trop longtemps soufferte, le droit de juger et de punir les pensées.

D'ailleurs son empire sur l'esprit de la populace n'est pas encore détruit ; un chrétien privé de la sépulture est encore, aux yeux du petit peuple, un homme digne d'horreur et de mépris, et cette horreur dans les âmes soumises aux préjugés s'étend jusque sur sa famille. Sans doute, si la haine des prêtres ne poursuivait que des hommes immortalisés par des chefs-d'œuvre, dont le nom a fatigué la renommée, dont la gloire doit embrasser tous les siècles, on pourrait leur pardonner leurs impuissants efforts; mais leur haine peut s'attaquer à des victimes moins illustres, et tous les hommes ont les mêmes droits.

Le ministère, un peu honteux de sa faiblesse, crut échapper au mépris public en empêchant de parler de Voltaire dans les écrits, ou dans les endroits où la police est dans l'usage de violer la liberté, sous prétexte d'établir le bon ordre, qu'elle confond trop souvent avec le respect pour les sottises établies ou protégées.

On défendit aux papiers publics de parler de sa mort, et les comédiens eurent ordre de ne jouer aucune de ses pièces. Les ministres ne songèrent pas que de pareils moyens d'empêcher qu'on ne s'irritât contre leur faiblesse, ne serviraient qu'à en donner une nouvelle preuve, et montreraient qu'ils n'avaient ni le courage de mériter l'approbation publique, ni celui de supporter le blâme.

CONDORCET (Vie de Voltaire).

VI

Même sujet

(VERSION DU DOCTEUR TRONCHIN[1])

Si mes principes avaient eu besoin que j'en serrasse le nœud, l'homme que j'ai vu dépérir, agoniser et mourir sous mes yeux, en aurait fait un nœud gor-

---

[1] « Lettre de M. Wagnière à M. Tronchin, procureur-général, syndic de la république de Genève, aux Délices.

» Ferney, le 23 janvier 1787.

» Monsieur mon respectable protecteur,

» Permettez que je m'adresse à vous pour être instruit de la vérité.

» Je viens de voir dans un ouvrage sur M. de Voltaire, la note suivante : « C'est après la sortie de MM. le curé de Saint-» Sulpice et l'abbé Gaultier, que M. Tronchin, médecin de » Voltaire, le trouva dans des agitations violentes, criant de » toutes ses forces : *Je suis abandonné de Dieu et des hommes !* » Le

dien; et en comparant la mort de l'homme de bien,
qui n'est que la fin d'un beau jour, à celle de Voltaire, j'aurais vu bien sensiblement la différence qu'il

docteur Tronchin qui raconta ce fait à des personnes respectables, ne put s'empêcher de leur dire : *Je voudrais que tous ceux
qui ont été séduits par les livres de Voltaire, eussent été témoins de sa
mort ; il n'est pas possible de tenir contre un pareil spectacle.* »

» J'ai eu l'honneur de voir M. Tronchin quelques jours après
la mort de mon cher maître. Il avait des bontés pour moi; il
me parla beaucoup de M. de Voltaire, de sa maladie et de sa
mort, mais il ne me dit pas un mot dans le sens de ce que je
viens de transcrire. J'ai une peine extrême à croire ce propos de
M. le docteur Tronchin; encore plus à penser, que s'il l'avait
effectivement tenu, il y eût attaché le sens qu'on veut lui
donner dans cette note. Il y a une grande différence, ce me
semble, entre le désespoir des remords et de la crainte, qui est
celui qu'on suppose ici, et le désespoir qu'aurait pu montrer
M. de Voltaire de ce qu'on le laissait sans secours et sans consolation, malgré toutes ses instances. On ne permit pas seulement qu'il vît son notaire, qu'il ne cessait de demander. C'est
la seule conviction de la manière horrible dont on trahissait ce
grand homme dans ses derniers moments, qui a pu rendre sa fin
triste et cruelle. *M. Tronchin ne le vit pas le jour de sa mort;* ce
ne fut point non plus à lui qu'il dit : *Je suis abandonné de tout le
monde;* ce fut à Mme de Saint-Julien, quand il la revit sans ce
notaire, qu'il l'avait suppliée plusieurs fois d'aller chercher,
voyant que ses demandes aux gens de la maison pour qu'on le
lui amenât, restaient sans effet.

» Je vous supplie avec instance, Monsieur, de daigner prendre
des informations sur cette petite anecdote. Je vous demande en
même temps pardon de vous importuner, mais j'ose compter
toujours sur votre indulgente bonté pour moi. Je me mets avec

y a entre un beau jour et une tempête... Cet homme était donc prédestiné à mourir entre mes mains. Je lui ai toujours parlé vrai, et, malheureusement pour lui, j'ai été le seul qui ne l'ait jamais trompé. « Oui, mon ami, m'a-t-il dit bien souvent, il n'y a que vous qui m'ayez donné de bons conseils ; si je les avais suivis, je ne serais pas dans l'affreux état où je suis. Je serais retourné à Ferney ; je ne me serais pas enivré de la fumée qui m'a fait tourner la tête ; oui, je n'ai avalé que de la fumée. Vous ne pouvez plus m'être bon à rien ; envoyez-moi le médecin des fous !... Ayez pitié de moi ; — je suis fou.» Il devait partir le

ma famille aux pieds de vos dames, et, je suis avec bien du respect et de la reconnaissance, Monsieur, vôtre, etc.,

         » WAGNIÈRE. »

Réponse de M. Tronchin à M. Wagnière :

     « Aux Délices, 25 janvier 1787.

» L'ouvrage, Monsieur, dont vous avez extrait la note m'est inconnu, et rien ne ressemble moins au docteur Tronchin que le propos que l'auteur lui fait tenir à la mort de M. de Voltaire. On a beau jeu à faire parler les personnes qui ne sont plus. Croyez-moi toujours bien véritablement, Monsieur, vôtre, etc.

         » TRONCHIN. »

(Wagnière. Examen d'un ouvrage intitulé : *Mémoires pour servir à l'histoire de M. de Voltaire; Amsterdam, 1785, deux parties, in-12,* p. 101-103 du T. II des *Mémoires sur Voltaire et sur ses ouvrages,* par Longchamp et Wagnière, ses secrétaires. Paris, Aimé André; 1826.)   (E. D.)

surlendemain des folies de son couronnement à la
Comédie-Française; mais il reçut une députation de
l'Académie française, qui le conjurait de l'honorer,
avant de partir, de sa présence[1]. Il s'y rendit l'après-
dîner, et là, par acclamation, il fut fait directeur de
la Compagnie. Il accepta la direction, qui est de trois
mois... De ce moment-là jusqu'à sa mort, ses jours
n'ont été qu'un ouragan de folie. Il en était honteux.
Quand il me voyait, il m'en demandait pardon, il me
priait d'avoir pitié de lui et de ne pas l'abandonner,
surtout ayant de nouveaux efforts à faire pour répondre à l'honneur que l'Académie lui avait fait et pour
l'engager à travailler à un dictionnaire à l'instar de
celui *della Crusca*. La confection de ce dictionnaire
a été sa dernière idée dominante, sa dernière passion.
Il s'était chargé de la lettre A, et il avait distribué les
vingt-trois autres à vingt-trois académiciens, dont
plusieurs, s'en étant chargés de mauvaise grâce, l'a-
vaient singulièrement irrité. « Ce sont des fainéants,
disait-il, accoutumés à croupir dans l'oisiveté; mais je
les ferai bien marcher ». Et c'était pour les faire marcher que, dans l'intervalle de deux séances, il a pris

---

[1] Tronchin se trompe. L'apparition à l'Académie et la sixième
représentation d'*Irène* eurent lieu, toutes deux, le 30 mars.
(E. D.)

tant de drogues et a fait toutes les folies qui ont hâté
sa mort et qui l'ont jeté dans l'état de désespoir et
de démence le plus affreux. Je ne me le rappelle pas
sans horreur. Dès qu'il vit que tout ce qu'il avait
fait pour augmenter ses forces avait produit un effet
tout contraire, la mort fut toujours devant ses yeux.
Dès ce moment, la rage s'est emparée de son âme.
Rappelez-vous les fureurs d'Oreste. *Furiis agitatus
obiit*.

Lettre de Tronchin à Bonnet, 27 juin 1778 [1]. Manuscrit de la Bibliothèque publique de Genève.

[1] ..... « Si l'on peut soupçonner d'Alembert d'avoir adouci,
en vue d'une apologie, en qualité d'ami partageant les idées de
Voltaire, Tronchin, assurant que la fin de celui-ci l'eût encore
affermi dans ses principes si cela eût été nécessaire, se montre
comme un homme qui regarde les opinions de son malade
comme funestes et parle sous l'influence de cette idée. Tous
deux, du reste, s'accordent à reconnaître ce que d'Alembert dit
expressément, que Voltaire est mort à regret. Mais quand Tronchin lui-même nous montre le mourant agité par l'idée du dictionnaire de l'Académie, et non pas des reproches de sa conscience, nous reconnaissons clairement que c'était la douce
habitude d'agir et de produire qui retenait davantage à la vie le
plus laborieux de tous les hommes, et dont il pouvait le moins
se détacher. Dans ses derniers moments, Gœthe donne lieu à la
même observation; seulement ce qui en celui-ci, dont tout l'ê-
tre formait un ensemble harmonique, lui donnait résignation et
espérance, semble être devenu en Voltaire, chez qui cette har-
monie manquait, une impatience, une précipitation qui laisse

une pénible impression. » (*Voltaire*. Six conférences de David-
Frédéric Strauss. Traduction de Louis Narval, p. 292.)

» Il y aurait bien quelque chose à dire sur cette lettre du docteur Tronchin, qui traitait assez ses correspondants comme ses
malades, cherchant plutôt à abonder dans leur sens qu'à leur
écrire des choses qui contrariassent leur manière de voir. On
sait assez, quels étaient à l'égard du vieillard de Ferney, les sentiments de Bonnet, de Haller et de quelques autres philosophes
genevois et suisses, qui exerçaient une grande influence sur le
public religieux, comme aussi dans le monde politique des alentours. Ces hommes remarquables étaient, à l'un et à l'autre
égard, des conservateurs éminents, comme on dirait aujourd'hui.
Tronchin était de leur école.» (GAULLIEUR, *Etrennes nationales*,
Genève, Gruas, 1855, III⁰ année, p. 208-209.)

Il résulte, pour nous, de tout ce qui précède, que cet étrange
et si déplaisant docteur Tronchin a calomnié Voltaire. Ajoutons
que sa malheureuse lettre a été le point de départ de la *version
cléricale* sur la mort de Voltaire, version qui est rejetée depuis
longtemps comme une fable odieuse et ridicule, et d'après laquelle Voltaire serait mort comme un damné, fou de terreur et
de rage, « mangeant ses excréments et portant à sa bouche son
vase de nuit pour étancher la soif ardente qui le dévorait. »

Voyez, pour de très amples détails sur cette légende, inspirée
par le fanatisme le plus implacable et le plus niais : *Retour et
mort de Voltaire*, de M. Gustave Desnoiresterres, p. 169-386. Il
a réduit en poudre cette œuvre des obscurantistes, et aujourd'hui
il n'en reste plus vestige.   (E. D.)

Voir pour les relations de Voltaire avec les Tronchin : *Voltaire et les Tronchin. Revue suisse* de 1855.   (E. D.)

VII

Annonce, par d'Alembert, de la mort de Voltaire
à Frédéric II

. . . .

Nous avons ici dans la littérature un événement bien intéressant pour elle, la mort de M. de Voltaire. Votre Majesté aura su sans doute toutes les sottises qui ont été faites et dites à cette occasion, le refus que son curé a fait de l'enterrer, quoiqu'il eût déclaré par écrit qu'il mourait catholique et que s'il avait *scandalisé* l'Eglise, il lui en demandait pardon; son enterrement fait à trente lieues de Paris, par une es-pèce d'escamotage, dans l'abbaye de son neveu; les reproches et les menaces qu'on a faits au malheureux moine, prieur de cette abbaye, qui s'est défendu par une lettre que ses supérieurs même ont jugée sans réplique; le refus qu'on fait à l'Académie française de faire, suivant l'usage, un service pour lui; enfin la joie bête et ridicule de tous les fanatiques au sujet de cette mort. Toutes ces infamies nous déshonoreraient aux yeux de l'Europe et de la postérité, si l'Europe et la postérité pouvaient ignorer qu'elles ne sont point l'ouvrage de la *nation*, mais de la partie honteuse de la nation malheureusement accréditée...

(Correspondance avec le roi de Prusse, p. 400-401. Lettre du 29 juin 1778. D'ALEMBERT, *Œuvres complètes* (Paris, Belin, 1821), T. 5, p. 99-400.

VIII

Détails sur la mort de Voltaire. Récits des faits qui
ont précédé et suivi cet événement

(VERSION DE D'ALEMBERT)

Paris, 1ᵉʳ juillet 1778.

Sire, je n'ai connu qu'hier, 29 juin, au soir, la lettre que Votre Majesté m'a fait l'honneur de m'écrire
sur la perte vraiment irréparable qui afflige en ce moment la littérature. J'avais eu l'honneur ce jour-là
même d'écrire à Votre Majesté une lettre qui était
partie quelques heures avant le moment où j'ai reçu
la vôtre. J'y parlais à Votre Majesté de la mort de
M. de Voltaire et des suites qu'elle a eues, mais en
peu de mots, par respect pour les occupations si im-
portantes et si respectables, à tous égards, qui rem-
plissent les moments précieux de Votre Majesté, et

fixent en ce moment sur elle plus que jamais les yeux et l'intérêt de l'Europe. Votre Majesté, par sa lettre, me demande des détails sur la mort du grand homme que nous avons eu le malheur de perdre. N'étant plus retenu, sire, par la crainte de faire perdre à Votre Majesté le temps dont elle fait un si digne usage, je ne perds pas un moment pour satisfaire à vos désirs, et comme je prévois que cette lettre sera longue, je la commence dès aujourd'hui, ne voulant pas perdre un moment pour exécuter sans délai les ordres de ·Votre Majesté.

Pour la mettre au fait de ce qui s'est passé et en état de juger toutes les sottises qu'on a faites et qu'on a dites sur ce triste sujet, il est nécessaire, sire, que je reprenne les choses d'un peu plus haut. Au commencement du mois, M. de Voltaire, arrivé trois semaines auparavant, eut un crachement de sang considérable, accident qu'il éprouvait la première fois de sa vie. Quelques jours avant sa maladie, il m'avait demandé, dans une conversation de confiance, comment je lui conseillais de se conduire, si, pendant son séjour, il venait à tomber grièvement malade. Ma réponse fut celle que tout homme sage lui aurait faite à ma place, qu'il ferait bien de se conduire, en cette circonstance, comme tous les philosophes qui l'avaient

précédé, entre autres comme Fontenelle et Montes-
quieu, qui avaient suivi l'usage,

> Et reçu ce que vous savez,
> Avec beaucoup de révérence[1].

Il approuva beaucoup ma réponse. « *Je pense de
même,* me dit-il, *car il ne faut pas être jeté à la voierie,
comme j'y ai vu jeter la pauvre Lecouvreur.* Il avait, je
ne sais pourquoi, beaucoup d'aversion pour cette manière d'être enterré. Je n'eus garde de combattre cette
aversion, désirant qu'en cas de malheur, tout se pas-
sât sans trouble et sans scandale. En conséquence, se
trouvant plus mal qu'à l'ordinaire un des jours de sa
maladie, il prit bravement son parti de faire ce dont
nous étions convenus, et dans une visite que je lui fis
le matin, comme il me parlait avec assez d'action et
que je le priais de se taire pour ne pas fatiguer sa
poitrine : « *Il faut bien que je parle bon gré mal gré,* me
dit-il en riant; *est-ce que vous ne vous souvenez pas qu'il
faut que je me confesse? Voilà le moment de faire, comme
disait Henri IV, le saut périlleux; aussi je viens d'envoyer chercher l'abbé Gaultier, et je l'attends.* Cet abbé
Gaultier, sire, est un pauvre diable de prêtre qui, de

---

[1] Voltaire. *Epître au duc de Sully,* 1720. Le texte de Voltaire
porte « bienséance » au lieu de « révérence. » L'Epître a trait à
la mort de l'abbé de Chaulieu.   (E. D.)

lui-même et par bonté d'âme, était venu se présenter
à M. de Voltaire quelques jours avant sa maladie, et
lui avait offert, en cas de besoin, ses services ecclésiastiques, que M. de Voltaire avait acceptés, parce
que cet homme lui parut plus modéré et plus raisonnable que trois ou quatre autres capalans qui, sans
mission, comme l'abbé Gaultier, et sans connaître
plus que lui M. de Voltaire, étaient venus chez lui le
prêcher en fanatiques, lui annoncer l'enfer et les ju-
gements de Dieu, et que le vieux patriarche, par
bonté d'âme, n'avait pas fait jeter par la fenêtre. Cet
abbé Gaultier arriva donc, fut une heure enfermé
avec le malade et en sortit si content qu'il voulait
sur-le-champ aller chercher à la paroisse ce que nous
appelons *le bon Dieu*, ce que le malade ne voulut pas,
par la raison, disait-il, *que je crache le sang et que je pourrais bien, par malheur, cracher autre chose.* Il donna à cet
abbé Gaultier, qui la lui demanda, une profession de
foi écrite tout entière de sa propre main, et par laquelle il déclare *qu'il veut mourir dans la religion catholique où il est né, espérant de la miséricorde divine
qu'elle daignera lui pardonner toutes ses fautes*, et ajoute
*que s'il a jamais scandalisé l'Eglise, il en demande par-
don à Dieu et à elle.* Il avait ajouté ce dernier article
à la réquisition du prêtre, et, disait-il, *pour avoir la*

paix. Il donna cette profession de foi à l'abbé Gaultier en présence de sa famille et de ceux de ses amis
qui étaient dans sa chambre; deux d'entre eux signèrent comme témoins au bas de cette profession. Plusieurs de ses amis et de ses parents jugeaient avec raison qu'il avait porté trop loin la complaisance aux
désirs de notre sainte mère l'Eglise, qu'il devait se
contenter de déclarer *verbalement* et en présence de
témoins, qu'il mourait *catholique*, et qu'on ne pouvait rien exiger de plus, puisqu'il avait toujours désavoué les ouvrages *anti-religieux* qu'on lui imputait.
Quoi qu'il en soit, sire, le curé de Saint-Sulpice, sur
la paroisse duquel il était, homme de peu d'esprit,
dévot et fanatique, vint le même jour voir le malade;
il parut assez fâché de ce qu'on ne s'était pas adressé
à lui plutôt qu'à un prêtre du coin de la rue; il avait
à cœur cette conversion, qu'un aventurier venait de
lui souffler malhonnêtement; cependant il approuva
la profession de foi qu'on lui infligea, et en donna
même son attestation par écrit.

Voilà, sire, tout ce qui se passa pour lors; M. de
Voltaire se trouva beaucoup mieux au bout de quelques jours et assez bien pour venir dans la même
journée à l'Académie et à la Comédie. Au moment où
il arriva à l'Académie, il trouva plus de deux mille

personnes dans la cour du Louvre, qui criaient en battant des mains : *Vive M. de Voltaire !* L'Académie alla en corps au-devant de lui jusqu'à l'entrée de la cour, lui donna la place d'honneur, le pria de présider à l'assemblée, le nomma directeur par acclamation, enfin n'oublia rien de tout ce qui pouvait marquer à cet illustre confrère son attachement et sa vénération. Il nous enchanta tous par sa politesse, par les grâces de son esprit, par tout ce qu'il nous dit d'obligeant et d'honnête. Il alla de là à la Comédie, suivi d'une multitude innombrable. L'accueil qu'il reçut au moment où il parut dans la salle et pendant toute la représentation (on jouait sa tragédie d'*Irène*) est une chose sans exemple. Il faut, sire, l'avoir vu pour le croire : l'enthousiasme et l'ivresse étaient au dernier degré ; les comédiens vinrent dans la loge où il était lui mettre une couronne de lauriers sur la tête, aux acclamations de toute la salle qui criait *bravo !* en battant des pieds et des mains. Entre les deux pièces, ils placèrent sur le théâtre le buste de M. de Voltaire, qu'ils avaient couronné de même et ce fut alors que les transports redoublèrent. C'est cette apothéose, sire, qui a surtout irrité les fanatiques. Un ex-Jésuite, qui prêchait le carême à Versailles, eut l'impudence de crier là-dessus au scandale, en présence de toute

7

la cour, mais toute la cour se moqua de lui, à l'exception de quelques hypocrites et de quelques imbéciles, qui ne sont pas plus rares dans ce pays-là qu'ils ne le sont ailleurs. Mais, par malheur, cette apothéose a irrité les gens plus à craindre que les fanatiques, et qui ont senti que leurs places, leur crédit, leur pouvoir, ne leur vaudraient jamais, de la part de la nation, un hommage aussi flatteur, qui n'était rendu qu'au génie et à la personne. Je ne connais, sire, et tout Paris le disait en ce moment, je ne connais qu'un seul homme qui, arrivant en ce moment à Paris, eût partagé avec M. de Voltaire l'enthousiasme et l'admiration publique, et cet homme, sire, je le laisse à deviner à Votre Majesté.

M. de Voltaire, qui continuait à jouir, tous les jours, et au spectacle, et à l'Académie, et dans les rues même, de l'hommage de ses concitoyens, tomba enfin très sérieusement malade à la fin d'avril, pour avoir pris dans un moment de travail plusieurs tasses de café qui augmentèrent la *Strangurie* ou difficulté d'uriner, à laquelle il était sujet; pour diminuer ses douleurs, il prit des calmants, mais il doubla et tripla tellement la dose, que l'opium lui monta à la tête qui, depuis ce moment, n'a plus été libre que par petits intervalles. Je le voyais pourtant en cet état; il me reconnaissait toujours et me disait même quelques mots d'amitié, mais l'instant d'après il retombait dans son accablement, car il était presque toujours assoupi; il ne se réveillait que pour se plaindre et pour dire qu'il était venu *mourir* à Paris. L'abbé Mignot, son neveu, conseiller au grand conseil, alla trouver le curé de Saint-Sulpice, qui lui dit que puisque M. de Voltaire n'avait pas sa tête, il était inutile qu'il l'allât voir; mais qu'il lui déclarait que, si M. de Voltaire ne faisait pas une réparation publique et solennelle, et dans le plus grand détail, du scandale qu'il avait causé, il ne pouvait, en *conscience*, l'enterrer en terre sainte. Le neveu eut beau lui répondre que son oncle, dans le moment où il jouissait de toute sa raison, avait fait une profession de foi, dont lui, le curé, avait reconnu l'authenticité, qu'il avait toujours désavoué les ouvrages qu'on lui imputait, qu'il avait cependant poussé la docilité pour les ministres de l'Eglise jusqu'à déclarer que *s'il avait causé du scandale, il en demandait pardon;* le curé répondit que cela ne suffisait pas, que M. de Voltaire était notoirement connu pour ennemi déclaré de la religion, et qu'il ne pouvait, sans se compromettre avec le clergé et avec l'archevêque, lui accorder la sépulture ecclésiastique. L'abbé Mignot le menaça de s'adresser au Parlement pour avoir justice, qu'il espérait d'obtenir avec les pièces authentiques qu'il avait en main; le curé, qui se sentait appuyé, lui dit qu'il en était le maître; tous les amis de M. de Voltaire étaient d'avis que sa famille employât les voies juridiques; on disait hautement que les magistrats qui avaient fait tant administrer et enterrer de Jansénistes, ne pourraient, en bonne justice, refuser la même grâce à M. de Voltaire, après la déclaration qu'il avait faite : malgré ces représentations, la famille eut peur du Parlement, qui n'aimant pas M. de Voltaire, à cause des épigrammes dont cette compagnie a souvent été l'objet dans tous ses ouvrages, aurait pu en cette occasion ne lui être pas favorable : le public ne pensait pas ainsi et soutenait que le Parlement aurait été forcé en cette circonstance par la voix publique, malgré toute la mauvaise volonté qu'il pouvait avoir; il y avait d'ailleurs un grand nombre de magistrats, surtout parmi les jeunes gens, et quelques-uns même parmi les vieillards, qui paraissaient très bien disposés. Malgré toutes ces représentations, la crainte des parents fut plus forte que la raison et ils se sont tenus dans une inaction que le public a fort désapprouvée.

Le samedi 30 mai, jour de la mort, l'abbé Gaultier, quelques heures avant ce fatal moment, offrit en-

core ses services, par une lettre qu'il écrivit à l'abbé
Mignot; celui-ci alla sur-le-champ chercher l'abbé Gaultier et le curé de Saint-Sulpice qui vinrent ensemble; le
curé s'approcha du malade et lui prononça le mot de
Jésus-Christ; à ce mot, M. de Voltaire, qui était toujours dans l'assoupissement, ouvrit les yeux et fit un
geste de la main comme pour renvoyer le curé, en disant : *Laissez-moi mourir en paix.* Le curé, plus modéré
en cette occasion et plus raisonnable qu'à lui n'appar-
tenait, se tourna vers ceux qui étaient présents, et dit :
Vous voyez bien, Messieurs, qu'il n'a pas sa tête. Il l'avait
pourtant très bien en ce moment; mais les assistants,
comme vous croyez bien, sire, n'eurent garde de con-
tredire le curé. Ce capelan se retira ensuite, et dans
les propos qu'il tint à la famille, il eut la maladresse
de se déceler et de prouver clairement que toute sa
conduite était une affaire de vanité. Il leur dit
qu'on avait *très mal fait* d'appeler l'abbé Gaultier, que
cet homme avait *tout gâté,* qu'on aurait dû s'adresser
à lui seul, curé du malade; qu'il l'aurait vu *en particulier et sans témoins,* et qu'il aurait *tout arrangé.* Il per-
sista néanmoins à lui refuser la sépulture ecclésiastique
et donna seulement son consentement par écrit que
M. de Voltaire fût porté ailleurs. Si la profession de foi
avait été donnée directement au curé, il se serait rendu

sûrement plus facile ; il aurait fait trophée de cette déclaration comme d'une victoire par lui remportée sur
le patriarche des incrédules ; mais comme cette profession avait été donnée à un pauvre galopin de prêtre,
l'archevêque et le curé ont mieux aimé dire que cette
déclaration était une moquerie, que de laisser au galopin l'honneur de la victoire.

M. de Voltaire mourut le même jour à onze heures du soir, ayant encore proféré quelques mots,
mais à peine, et ayant marqué dans toute sa maladie,
autant que son état le lui permettait, beaucoup de
tranquillité d'âme, quoiqu'il parût regretter la vie. Je
l'avais encore vu la veille de sa mort, et sur quelques
mots d'amitié que je lui disais, il me répondit en me
serrant la main : *vous êtes ma consolation*. Son état me
fit tant de peine et il avait tant de difficulté à s'exprimer, même par monosyllabes, que je n'eus pas la
force de continuer à voir ce spectacle ; l'image de ce
grand homme mourant m'affecta si profondément et
m'est restée si vivement dans la tête, qu'elle ne s'en
effacera jamais. C'est pour moi l'objet des plus tristes
réflexions sur le néant de la vie et de la gloire et sur
le malheur de la condition humaine.

Il fut embaumé vingt-quatre heures après sa mort,
mis dans une voiture en *robe de chambre*, et conduit

par l'abbé Mignot et quelques autres parents à l'abbaye de Scellières, à trente lieues de Paris, dont l'abbé Mignot est titulaire. Il y a été enterré le mardi 2 juin en très grande cérémonie et avec un grand concours de tous les environs. Le prieur de l'abbaye, bon moine bénédictin, qui ne savait rien de tout ce qui s'était passé à Paris, ne fit aucune difficulté de faire cette cérémonie, sur le vu des pièces que l'abbé Mignot lui présenta. Vingt-quatre heures après, le mercredi 3, le prieur reçut une lettre de l'évêque de Troyes, dans le diocèse duquel l'abbaye de Scellières est située, et qui lui défendait de procéder à l'inhumation, si elle n'était pas faite encore. Le prieur répondit à l'évêque par une lettre très ferme et très respectueuse, dans laquelle il lui rendait raison de sa conduite, et se justifiait si bien, qu'on assura que ce prélat lui-même est convenu *qu'il n'y avait rien à répondre.* Il paraît que cet évêque, qui dans le fond est un bon homme, mais gouverné par une sœur dévote et fanatique et poussé par l'archevêque de Paris, avait fait contre son gré la démarche d'écrire au prieur de Scellières et avait pris ses mesures pour que la lettre arrivât après l'inhumation. Ce pauvre diable de prieur, qu'on menaçait de destituer, est accouru à Paris, a dit ses raisons et on espère qu'il restera tranquille.

On m'a assuré, ce qui pourrait bien être, que l'archevêque de Paris avait fait consulter un savant canoniste pour lui demander si Voltaire n'était pas dans le
cas de l'exhumation, et que le canoniste avait répondu
qu'on s'en gardât bien et que rien ne serait plus contraire aux règles. Ne croyez pas, au reste, sire, pour
l'honneur de la nation, que tous les dévots et même
tous les évêques approuvent la conduite abominable
qu'on a tenue à l'égard de ce grand homme. Parmi
plusieurs prélats que je pourrais nommer à Votre Majesté, l'archevêque de Lyon, frère de Montazet, qui
a servi la dernière guerre dans les troupes autrichien-
nes, prélat qui ne craint pas d'être accusé de relâche-
ment, puisqu'il est regardé comme Janséniste, a dit
hautement qu'il ne comprenait rien à la conduite du
curé de Saint-Sulpice et de l'archevêque de Paris;
que rien n'était plus contraire aux lois et à l'usage
constant de l'Eglise; qu'on ne devait refuser la sépulture qu'à ceux qui étaient notoirement excommuniés,
ou qui donnaient en mourant des témoignages for-
mels d'impiété, ce que M. de Voltaire n'avait pas fait.
Plusieurs curés de Paris pensent de même et sûrement
l'auraient enterré, en dépit même de l'archevêque,
s'il fût mort sur leur paroisse. Le curé de Saint-
Etienne-du-Mont, entre autres, a dit publiquement

qu'il l'aurait enterré dans son église, entre Racine et
Pascal, qui, en effet, y sont inhumés. Enfin toutes
les personnes vraiment religieuses, c'est-à-dire qui ne
font point de la dévotion une affaire de parti et un
moyen de faire parler d'elles et de jouer un rôle im-
portant, blâment unanimement le fanatisme du curé et
de l'archevêque.

Je ne parle pas, sire, de tout le reste de la nation;
je ne puis exprimer à Votre Majesté à quel point elle
est indignée de tout ce qui se passe, et il serait bien
injuste de la rendre responsable de toute cette infamie,
qu'elle aurait empêchée et réprimée, si elle avait le
pouvoir en main. Les ministres qui ont souffert cette
abomination déshonorante pour la France et qui ont
laissé des prêtres faire en cette occasion ce qu'ils ont
voulu, ne pensent pas au crédit et à la force qu'ils
leur donnent en agissant ainsi, puisqu'ils se croient
désormais les maîtres de donner ou de refuser à leur
gré la sépulture. L'Académie française n'a pu encore
obtenir de faire, pour M. de Voltaire, le service qu'elle
a coutume de faire pour tous les membres qu'elle
perd, et peut-être, malgré ses sollicitations, elle n'ob-
tiendra pas cette grâce, dont le refus est un nouvel
outrage à la mémoire du grand homme que nous re-
grettons. Au reste, tous les gens de lettres lui rendent

cette justice, que personne n'ose se présenter encore
pour lui succéder, et il y a tout lieu de croire que
l'élection ne se fera sitôt. Elle devrait ne se faire jamais, et mon avis, s'il était suivi, serait de laisser la
place vacante.

Voilà, sire, le détail que Votre Majesté m'a fait
l'honneur de me demander. Quoique je n'aie fait
qu'obéir à ses ordres, je crains pourtant d'avoir abusé
de la permission qu'elle m'a donnée d'épancher mon
cœur sur ce triste événement et sur les suites révol-
tantes qu'il a eues et qu'il a encore. Votre Majesté
croira-t-elle qu'on a fait la défense la plus rigoureuse
à tous les journalistes de dire un seul mot à l'honneur
de M. de Voltaire? Qu'il ne leur est pas même permis de prononcer son nom? Qu'on a défendu pendant près d'un mois aux comédiens de jouer aucune
de ses pièces et que cette défense vient à peine d'être
levée? J'en aurais là-dessus trop à dire, s'il n'était
plus prudent de garder le silence. La lettre dont Votre
Majesté vient de m'honorer était bien nécessaire à
mon cœur, pour adoucir la douleur et l'indignation
dans laquelle je suis plongé. Si j'avais vingt ans de
moins, je quitterais sans regret un pays où le génie est
traité avec tant d'indignité, de son vivant et après sa
mort. Mais j'ai soixante ans et je suis trop vieux pour

déménager. Je me console au moins par l'intérêt que Votre Majesté veut bien prendre à la perte que la littérature, la philosophie, la France et l'Europe même viennent de faire; je ne laisserai, sire, ignorer cet intérêt à aucun de ceux qui sont faits pour le connaître et le sentir. M. de Voltaire en était digne, j'ose le dire, non-seulement par son rare génie, mais par son admiration pour Votre Majesté; vous étiez souvent, sire, l'objet de nos entretiens; il chérissait et honorait votre personne, et vous regardait comme la ressource et l'espérance de la vérité et de la raison. Il serait digne de vous, sire, de lui faire rendre dans votre capitale et dans votre académie les honneurs qu'on lui refuse dans sa patrie. C'est au plus grand roi de l'Europe, à celui qui est fait pour servir d'exemple et de modèle, c'est à lui à honorer la mémoire de ce grand homme par quelque acte solennel, qui console la philosophie, qui fasse rougir la France et qui confonde le fanatisme. Vous avez, sire, en ce moment, de trop grands intérêts à traiter, pour vous occuper d'un autre objet, mais Votre Majesté vivra, elle jouira bientôt sans doute de quelques moments de repos, et je prendrai la liberté de lui reparler pour lors de la perte que nous avons faite, de l'intérêt

qu'elle veut bien prendre, et de ce qu'elle peut faire
pour la mémoire du génie qui n'est plus...

. . . .

3 juillet 1778.

P.-S. J'oubliais de dire à Votre Majesté que M. de
Voltaire, dans une des visites que lui fit son curé, lui
fit donner 600 livres pour les pauvres de sa paroisse ;
le curé les prit, comme on dit, à *belles-baise-mains*,
et n'en a pas moins refusé de l'enterrer. On pourrait
lui dire comme Chicaneau au portier de son juge, qui
reçoit la bourse du plaideur et lui ferme la porte : *Hé,
rendez donc l'argent !* Mais l'Eglise est comme l'antre
du lion de la fable, *tout y entre et rien n'en sort*...

. . . .

Second *P.-S.* Je relis ma lettre, sire, et je relis en
même temps, pour la vingtième fois la vôtre, que je
relirai encore, et qui serait bien digne d'être placée
dans l'épitaphe de Voltaire au lieu de sa profession
de foi [1]. Je m'aperçois un peu tard que je n'ai pas ré-

---

[1] Un curé de Paris, interrogé par quelqu'un sur la manière
dont il se serait conduit, si Voltaire était mort sur sa paroisse,
avait répondu : *Je l'aurais fait enterrer solennellement, et je lui aurais fait faire une épitaphe, au bas de laquelle j'aurais mis sa profession de foi.* (Note de l'auteur.)

pondu à l'article de cette excellente lettre, où Votre Majesté dit que *peut-être le vieux patriarche vivrait encore*, s'il était retourné à Ferney. Hélas! sire, je le crois comme vous et je suis persuadé que la vie fatigante et agitée qu'il a menée à Paris, a considérablement abrégé ses jours. J'étais fort d'avis qu'il retournât à Ferney au commencement de la belle saison et qu'il allât y jouir paisiblement des hommages qu'il avait reçus à Paris. Mais sa nièce, qui s'ennuyait à Ferney, l'en a détourné, et plusieurs de ses amis ont pensé de même, craignant que s'il retournait jamais dans sa retraite, les prêtres n'obtinssent un ordre qui l'obligeât d'y rester. Ils avaient déjà cherché à lui faire une affaire sur son retour à Paris, disant qu'il y était venu sans permission; mais il a été bien vérifié qu'il n'avait jamais eu défense d'y venir, et on a pris le sage parti de le laisser jouir tranquillement de sa gloire. Pour moi, sire, quand j'appris qu'il avait formé presque subitement le dessein de venir à Paris et qu'il était déjà en route, je fus très affligé, ne doutant pas qu'il ne vînt y chercher la persécution et la mort. Je me suis trompé, à ma grande satisfaction, sur le premier article, et son apothéose, si brillante et si solennelle, m'avait consolé de son voyage; mais, malheureusement, je ne me suis pas trompé de même sur

les suites funestes et irréparables de ce voyage impru-
dent et précipité. Son médecin a dit que s'il était
resté à Ferney, il aurait pu vivre encore dix années.
En effet, le principe de la vie était si fort chez lui, que
son agonie a été longue et douloureuse. Il avait encore à quatre-vingt-quatre ans tout le feu de la jeunesse, et dans une de nos assemblées de l'académie,
où l'abbé Delille lui lut une traduction en vers d'une
épître de Pope, M. de Voltaire nous étonna et nous
enchanta tous par sa présence d'esprit et sa mémoire,
se souvenant à chaque vers français du vers corres-
pondant de Pope, qu'il n'avait peut-être pas lu depuis trente ans...

Paris, 16 août 1778.

Sire, les deux lettres du 22 et du 23 juillet dont
Votre Majesté m'a honoré, ne me sont parvenues
qu'avant-hier, à trois semaines de date, et je ne perds
pas un moment pour répondre aux questions que
Votre Majesté m'a fait l'honneur de m'adresser sur
le grand homme que nous avons perdu.

Je ne crois pas qu'il ait dit au maréchal de Richelieu le mot plaisant qu'on lui attribue : *Ah! frère Caïn,
tu m'as tué*. Je l'ai vu très assidûment dans le cours
de sa maladie; j'y ai trouvé plusieurs fois le maréchal et je n'ai pas entendu ce mot. Sa famille et tous

ses amis n'en ont aucune connaissance. Il est vrai
que le mot est plaisant, qu'il ressemble bien à ceux
qu'il disait souvent et que le maréchal ressemble encore mieux au frère Caïn ; mais il y a apparence que
ce mot a été fait par quelqu'un qui croyait, ce qui
n'est pas vrai, que le patriarche s'était empoisonné
avec de l'opium que lui avait donné le maréchal ; il
lui en avait donné, en effet, mais la bouteille fut cassée par la faute des domestiques, sans qu'il en eût
pris une goutte.

Il est très sûr que, quelques jours avant sa maladie, il prit beaucoup de café, pour travailler mieux à
différentes choses qu'il voulait faire ; les corrections
de sa tragédie étaient du nombre ; il s'alluma le sang,
perdit le sommeil, souffrit beaucoup de sa strangurie,
et, pour se calmer, se bourra d'opium, qu'il envoya
chercher chez l'apothicaire, et qui, vraisemblablement,
a achevé de le tuer.

Dans le temps où il est tombé malade, je sais qu'il
travaillait sur les prophéties de Daniel ; mais j'ignore
où il en était. Je suis sûr aussi qu'à la réquisition de
l'empereur de Russie, il avait commencé quelques
pages de son histoire.

Sa famille s'est accommodée avec un libraire étranger pour ses manuscrits ; mais comme ils sont encore

sous le scellé à Ferney, on ne sait s'il y en a beaucoup; on en doute, car il faisait imprimer à me-
sure qu'il composait; il aimait à jouir et ne mettait
rien à fonds perdu.

L'impératrice de Russie vient d'acheter sa bibliothèque, qui était d'environ dix mille volumes, dont
un grand nombre, dit-on, ont des notes de sa main.
Cette princesse se propose de mettre cette bibliothèque dans un petit temple qu'elle fera construire exprès, et au milieu duquel elle fera élever un monument en son honneur... L'Académie française ne
pense point encore à lui choisir un successeur, elle
y est trop embarrassée, elle tardera le plus qu'elle
pourra, et ce qu'il y a de fâcheux, c'est que le successeur de Voltaire sera reçu par un prêtre, qui était directeur quand ce grand homme est mort. Ses confrères suppléeront à ce que ce capelan ne dira pas.
Pourquoi faut-il qu'ils aient la langue et les mains
liées ? Nous voulons toujours lui faire un service, et
nous n'espérons guère de l'obtenir, et chacun de
nous peut dire, en parodiant un vers de l'opéra :

Ah ! j'attendrai longtemps, la *messe* est loin encore.

Je ne sais si j'ai eu l'honneur de mander à Votre
Majesté qu'un très habile artiste de ce pays-ci, nommé

Houdon, déjà connu par plusieurs beaux ouvrages, a fait en terre, en attendant le marbre, un magnifique buste du patriarche, d'une resssemblance parfaite. Il serait digne d'être placé dans le cabinet de Votre Majesté, et donné par elle à l'Académie de Berlin...

Paris, 9 octobre 1778.

.....J'attends avec la plus vive impatience le monument immortel que Votre Majesté se propose d'élever à la gloire de celui que nous pleurons. L'Académie française vient de lui rendre les honneurs qu'elle n'avait encore rendus à personne. Sur la proposition que je lui en ai faite et qui a été acceptée de tous mes confrères avec acclamation, elle a proposé l'*Eloge de M. de Voltaire* pour le sujet du prix de poésie qu'elle doit donner l'année prochaine; pour rendre ce prix plus considérable, j'ai prié l'Académie d'accepter une somme de 600 livres, qui doublera le prix et qui est pour moi le denier de la veuve, et j'ai de plus donné à l'Académie le buste très beau et très ressemblant de M. de Voltaire, le seul que nous ayons encore dans notre salle d'assemblée; ce buste, à la vérité, n'est qu'en terre, car je ne suis pas assez riche pour le donner en marbre, mais j'ai eu le plaisir de le voir exposé dans la salle d'assemblée à la

8

séance publique du 25 août. Je lus, à la même
séance, l'*Eloge de Crébillon*, où je trouvai plusieurs
occasions de parler de son illustre vainqueur, en ren-
dant d'ailleurs justice au vaincu. Le public m'a paru
satisfait de tout ce qui s'était passé dans cette séance,
et j'espère que le prix proposé aura l'approbation de
Votre Majesté. Nous ne recevrons les pièces qu'au
mois d'août de l'année prochaine, mais ces pièces,
sire, ne vaudront pas votre prose...

．．．．．．．．．．．．．．．．

Paris, 19 septembre 1779.

..... Nous venons, sire, de donner à l'Académie
française le prix que nous avions proposé pour l'éloge
de Voltaire... La pièce de vers qui a remporté le prix
est pleine de très belles choses; l'auteur n'a pas voulu
se nommer et il a cédé la médaille à la pièce qui a
eu l'*accessit*, et qui a beaucoup de mérite aussi. On
croit que cet anonyme est M. de La Harpe[1].

L'Académie française, sire, possède le buste de
Voltaire dont j'ai eu l'honneur de vous parler. Votre
Majesté l'aura en marbre quand elle le voudra; le
buste est de mille écus; elle pourra, si elle veut, me
donner ses ordres à ce sujet; ils seront promptement

[1] C'était bien La Harpe.   (E. D.)

exécutés. Elle pourrait même en faire faire deux, un
pour elle et un pour l'Académie de Berlin, qui rece-
vrait sûrement ce buste avec tous les sentiments dus
au donateur et à l'original. J'oubliais de dire à Votre
Majesté que ce buste est de deux manières, toutes
deux très ressemblantes, l'une à l'antique, avec la tête
nue, l'autre avec la perruque, ce qui n'est pas si pit-
toresque, mais en même temps aide à la ressemblance parfaite; et c'est de cette dernière manière que
je l'ai donné à l'Académie.

Vous avez que trop raison, sire, sur la décadence
où tout est tombé et sur le grand vide que laisse la
mort de Voltaire; mais tel est le sort des choses hu-
maines. Quand même notre littérature se remonte-
rait, je doute qu'elle puisse de longtemps produire un
homme aussi rare, et qui réunisse tant de talents à un
si haut degré...

.   .   .   .

                    Paris, 14 avril 1780.

..... Je ne puis trop conjurer Votre Majesté de
faire rendre aux mânes de Voltaire, dans l'église catholique de Berlin, les honneurs funèbres que les

Welches s'obstinent à lui refuser[1]. Je sais que, par
tous pays, la séquelle sacerdotale de toutes les reli-
gions le regardent comme un athée, que cependant
il n'était pas, mais je sais aussi que par tout pays la
séquelle sacerdotale est faite pour obéir à des princes
tels que vous, surtout quand ils ne demandent qu'une
chose juste et conforme à tout ce que les docteurs
appellent canon de l'Eglise. Il suffira, pour mettre là-
dessus leur conscience en repos, que Votre Majesté
leur mette sous les yeux les papiers que je joins à cette
lettre ; ils sont signés et certifiés vrais de deux neveux

[1] « La dernière séance tenue à l'Académie française, concernant le service de M. de Voltaire, est très curieuse, et mérite de
plus amples détails. Il s'y trouvait trois prélats, dont les avis
étaient attendus avec impatience : c'étaient le cardinal de Rohan
Guéménée, grand-aumônier, l'achevêque de Lyon et l'archevêque d'Aix. On poussa vivement le premier, et on lui présenta
qu'en qualité de grand-aumônier et de premier curé des diverses
maisons royales, il pouvait lever toutes les difficultés en de-
mandant au roi à faire faire ce service dans la chapelle du Louvre, lieu le plus convenable pour une pareille cérémonie : il répondit qu'il le pensait ainsi, et qu'il y prêterait volontiers les
mains, quand le service aurait été fait à Saint-Sulpice, paroisse
sur laquelle est mort le défunt. M. de Montazet s'en tira plus
adroitement encore, et dit que, vu la scission qu'occasionnait
dans l'Eglise le service de M. de Voltaire, il pourrait se faire
qu'il en résultât contestation ; qu'ayant l'honneur d'être primat
des Gaules, cette contestation pourrait ressortir à son tribunal,
et qu'alors il était de son intégrité de ne pas s'expliquer d'a-

de M. de Voltaire, dont l'un, qui est l'abbé Mignot, est conseiller au grand-conseil, et l'autre, M. d'Hornoy, est conseiller au Parlement, et l'un et l'autre très considérés dans leurs compagnies. Vos prêtres catholiques verront dans la première pièce, Nº 1, le détail de tout ce qui s'est passé dans la dernière maladie de ce grand homme et la preuve de l'injustice qu'on a commise, d'après les règles reçues, en lui refusant la sépulture à Paris et un service funèbre. J'ose me flatter que si Votre Majesté, qui n'a pas le temps d'entrer dans ces détails, veut charger un homme

vance. Enfin, l'archevêque d'Aix ne s'en tira pas moins finement, et opina pour réformer l'usage de faire un service à chaque académicien, mais pour en établir un à perpétuité qui engloberait indistinctement tous les morts de la compagnie. Cet avis, qui sauvait l'honneur de Voltaire et celui de l'Académie, entraîna tous les suffrages. Le marquis de Paulmy, seul, différa d'opinion (il est goguenard), et prétendit qu'il ne s'était fait recevoir que dans l'espoir d'avoir un service pour lui seul; qu'il ne consentirait jamais à l'avis adopté. Cependant l'arrêté fut formé, et l'on convint que les députés chargés d'aller annoncer au roi la nomination de M. Chabanon, et lui en demander l'approbation, lui feraient part du nouvel arrangement pris sous le bon plaisir de Sa Majesté. Le roi a répondu qu'il approuvait le choix de l'Académie; mais qu'il fallait, à l'égard de la seconde demande, que les choses se passassent comme ci-devant. Ce qui rejette la compagnie dans le même embarras. » *Mémoires secrets*, etc., dits *de Bachaumont*. (Londres, John Adamson), T. XIV, p. 321, du 23 décembre 1779.   (E. D.)

raisonnable de lire et d'examiner ces papiers, il con-
viendra, quelque bon catholique qu'il puisse être, que
les prêtres de l'Eglise romaine ne peuvent refuser ce
service. Votre Majesté comblerait de joie, par cette
nouvelle marque d'honneur rendue à la mémoire de
Voltaire, tous les amis et admirateurs de ce grand
homme, et j'en serais pénétré, en particulier, de la
plus vive reconnaissance. Je dois ajouter que les neveux de M. de Voltaire, de qui je tiens ces différentes
pièces, prient instamment Votre Majesté de ne point
souffrir qu'on les rende publiques; ils ne veulent que
mettre Votre Majesté en état de prouver aux catholiques allemands qu'ils peuvent, sans blesser *leur
conscience,* prier Dieu pour celui qui a fait tant de
beaux ouvrages et de belles actions. J'attends, sire, et
ils attendent comme moi avec impatience ce que
Votre Majesté voudra bien ordonner à ce sujet[1].

---

[1] Le 1er mai, Frédéric répondait à d'Alembert : « Muni de
toutes les pièces que vous m'avez envoyées, j'entame à Berlin
la fameuse négociation pour le service de Voltaire, et quoique
je n'aie aucune idée de l'âme immortelle, on dira une messe
pour la sienne. Les acteurs qui jouent cette farce connaissent
plus l'argent que les bons livres. Aussi, j'espère que les *Jura
stolæ* l'emporteront sur le scrupule *(Œuvres de Frédéric-le-Grand*
[Berlin, Preuss], T. XXV, p. 149.)

Le 30 mai, la note suivante paraissait dans la *Gazette de Berlin :*
« Aujourd'hui, à neuf heures du matin, on a célébré en l'église

J'attends aussi des ordres au sujet du buste de marbre très ressemblant, dont elle m'a paru vouloir faire
l'acquisition cette année. C'est un très bel ouvrage,
dont le prix n'est que de 3000 livres de France et que
le sculpteur se chargerait de faire parvenir sûrement
à Postdam...

· · · · · · · · · · · · · · ·

Paris, 8 juin 1780.

.....Votre Majesté aura, comme je l'espère, le
buste de Voltaire vers la fin de septembre ou le com-

catholique de cette ville, avec toute la pompe convenable, un
service solennel pour l'âme de messire Marie-Arouet de Voltaire..... Ce service a été demandé par les académiciens catholiques de Berlin; ils l'ont obtenu de M. le curé avec d'autant
plus de facilité, de justice et de raison, qu'ils ont produit des
preuves authentiques que feu M. de Voltaire a fait, peu avant
sa mort, une profession de foi orthodoxe, qu'il s'est confessé,
qu'il a édifié les âmes chrétiennes par des aumônes considéra-
bles et autres bonnes œuvres, et qu'il a eu à l'abbaye de Scellières, au diocèse de Troyes, en Champagne, tous les honneurs de
la sépulture ecclésiastique; de sorte que c'est méchamment qu'on
a fait courir le bruit que le clergé français aurait voulu les lui
refuser; chose que ce clergé si respectacle n'eût pu faire sans
violer les lois de la justice, sans blesser les principes de la bonne
police, et sans donner à des haines particulières une influence
incompatible avec la charité chrétienne et avec toutes les vertus
sincères et véritables. » (Dieudonné Thiébault, *Souvenirs de vingt
ans de séjour à Berlin.* [Paris, Didot, 1860], T. II, p. 359-364.)

(E. D.)

mencement d'octobre. Il serait déjà commencé, sans
un embarras où est le sculpteur[1] et où je suis avec
lui, par rapport à la forme qu'il faut donner à la tête.
Je n'ennuierai point Votre Majesté de ce détail, M. de
Catt lui en rendra compte et me fera parvenir ses ordres. Dès qu'ils seront arrivés, le sculpteur travaillera
sans relâche. J'ose répondre d'avance à Votre Majesté qu'elle sera très satisfaite, et du travail et de la
ressemblance.

On prépare une nouvelle édition des ouvrages de
cet homme si illustre et si précieux aux lettres et à la
raison. Elle sera magnifiquement imprimée, prodi-
gieusement enrichie et, comme Votre Majesté le
pense bien, imprimée en pays étranger, grâce aux cla-
meurs des fanatiques français, le fléau perpétuel de
toute lumière et de tout bien. On assure d'ailleurs
que cette édition sera faite avec soin et revue par des
hommes de mérite, à qui la mémoire et les ouvrages
de Voltaire sont chers[2]. Elle devrait être, sire, imprimée chez vous, et sous les auspices de Votre Majesté,
pour réunir dans le frontispice les deux noms les plus
illustres de notre siècle...

[1] Houdon.   (E. D.)
[2] C'est l'édition entreprise par Beaumarchais, l'édition de
Kehl.   (E. D.)

. . . .

Paris, 24 juillet 1780.

.....J'ennuie trop longtemps Votre Majesté de ce détail[1], et j'aime mieux lui parler du plaisir que m'a fait le service de Voltaire; tous les gens qui aiment et qui révèrent sa mémoire, c'est-à-dire tout Paris, à l'exception peut-être de l'assemblée du clergé, ont été enchantés de cette pieuse et auguste cérémonie. Nous sommes bien sûrs, à présent, que Voltaire a pour le moins un pied en Paradis. Il ne manquait plus, sire, aux honneurs de toute espèce que Votre Majesté lui a fait rendre, que de lui élever dans l'église de Berlin un monument où il serait représenté se prosternant devant le Père éternel, et foulant aux pieds le fana-tisme. L'épigramme serait excellente et le sculpteur Tassart pourrait exécuter cette idée sous les yeux et d'après les vues de Votre Majesté[2]. On travaille ac-tuellement au buste de ce grand homme à la française,

---

[1] L'auteur vient de déduire à Frédéric les motifs qui l'empê-chent de se rendre auprès de lui.   (E. D.)

[2] « L'église catholique de Berlin, répondait Frédéric, le 1er août, ne conviendrait guère au cénotaphe que vous vous proposez de lui ériger. Cette église est bâtie sur le modèle du Panthéon de Rome, et on ne saurait, sans la défigurer, y placer de ces sortes de mausolées. »   (E. D.)

tel que Votre Majesté le désire, et j'espère qu'il sera prêt dans deux mois au plus tard...

. . . .

3 novembre 1780.

..... Le sculpteur du buste de Voltaire, chez qui je vais souvent pour le presser, me promet d'avoir fini incessamment ce buste, dont j'espère que Votre Majesté sera parfaitement satisfaite. Il faut donc renoncer, puisque Votre Majesté le juge plus à propos, de voir sa statue dans l'église de Berlin, foulant aux pieds la superstition et le fanatisme. J'avoue, sire, que j'ai regret à ce monument, surtout quand je pense qu'il eût été érigé par ordre de Votre Majesté, et qu'il eût retracé aux siècles futurs les honneurs rendus par Auguste à Virgile. Croiriez-vous, sire, qu'on refuse ici à sa famille de lui faire un mausolée très modeste dans la petite église obscure de province où il est enterré ?[1] On dit même que les prêtres l'ont secrètement

---

[1] On lit dans les *Mémoires secrets,* etc. (T. XII, du 4 octobre 1778) : « Il (l'abbé Mignot) a commandé un mausolée, qu'il doit placer dans son abbaye de Scellières, en l'honneur de M. de Voltaire. Il s'ensuit que l'abbé Mignot renonce à envoyer les cendres de son oncle à Ferney, et se propose de les conserver à perpétuité. C'est un nommé Clodion, sculpteur, qui est chargé du monument. »   (E. D.)

exhumé pour le jeter à la voirie. Il n'y a pas grand mal à cela, ni pour lui, ni pour ceux qui s'intéressent à sa mémoire ; mais il serait étrange que le gouvernement, qui n'aime pas les prêtres quoiqu'il les craigne, consentît à cette indignité, et je ne saurais le croire...

. . . .

Paris, 15 décembre 1780.

.....Le buste de Voltaire, tel que Votre Majesté le désirait, est terminé ; l'artiste y a mis le plus grand soin. Il sera emballé cette semaine avec toutes les précautions possibles et arrivera sain et sauf à Votre Majesté...

. . . .

Paris, 11 mai 1781.

.....Voilà un évêque d'Amiens, fanatique successeur de celui qui a demandé le supplice du chevalier de la Barre, voilà, dis-je, cet évêque d'Amiens, nommé Machault, fils de l'ancien contrôleur des finances, qui vient de donner un mandement forcené contre l'édition qu'on prépare des œuvres de Voltaire. Si on savait, en France, imposer silence à ces sonneurs de tocsin, ils n'auraient ni partisans, ni imitateurs. Peut-être, à la fin, sentira-t-on la nécessité de les réprimer, pour l'honneur de la raison et le repos public. Dieu veuille qu'on y suive votre exemple...

D'*Alembert*. *Œuvres complètes* (Paris, Belin, 1821), T. 5, p. 400-442.

Vers faits à l'occasion de l'arrivée de Voltaire à Paris

Avis important attribué à M. Barthe [1].

Le sieur Villette, dit marquis,
Successeur de Jodelles,
Facteur de vers, de prose et d'autres bagatelles,
Au public donne avis
Qu'il possède dans sa boutique
Un animal plaisant unique,
Arrivé récemment
De Genève en droiture ;
Vrai phénomène de nature ;
Cadavre, squelette ambulant.
Il a l'œil très vif, la voix forte ;
Il vous mord, vous caresse ; il est doux, il s'emporte.
Tantôt il parle comme un Dieu,
Tantôt il parle comme un diable.

---

[1] Auteur dramatique (1734-1785). On n'a publié que ses *Œuvres choisies* (Paris, 1811), in-12. Une seule de ses comédies est restée au répertoire, les *Fausses Infidé-lites* (1768).   (E. D.)

Son regard est malin, son esprit est tout feu.
            Cet être inconcevable
Fait l'aveugle, le sourd, et quelquefois le mort.
Sa machine se monte et démonte à ressort.
Et la tête lui tourne au surnom de *grand homme*.
Du mont Crapak tel est l'original en somme,
            On le verra tous les matins
            Au bout du quai des Théatins.
Par un salut profond, beaucoup de modestie,
Les grands seigneurs paieront leur curiosité.
            Porte ouverte à l'Académie,
            A tous acteurs de comédie
            Qui flatteront sa vanité
            Et voudront adorer l'idole.
            Les gens mitrés portant étole
        Verront de loin, moyennant une obole,
        Pour éviter ses griffes et ses dents.
Tout poète entrera pour quelques grains d'encens.

*Epigramme sur M. le marquis de Villette, qui jouit
peut-être avec trop de vanité du bonheur de montrer
M. de Voltaire à tout Paris.*

            Petit Villette, c'est en vain
            Que vous prétendez à la gloire;
            Vous ne serez jamais qu'un nain
            Qui montre un géant à la foire.
    (Extrait de la *Gazette littéraire* de GRIMM, Février 1778,
        p. 248-249 de l'édit. Eugène Didier (Paris. 1854).

Vers de M. de La Harpe à M. de Voltaire, chez lequel se trouvaient ensemble Mme la comtesse Amélie de Boufflers, Mme la duchesse de Lauzun et Mme la marquise de Villette.

Quels sont ces objets ravissans

Que je vois du génie orner le sanctuaire?

Trois divinités chez Voltaire

Viennent lui porter cet encens

Que brûle à leurs genoux le reste de la terre.

Que ce prix qu'il reçoit doit charmer ses vieux ans!

Ses lauriers que leur main caresse

Lui deviennent plus chers et semblent plus brillans.

Venez voir la beauté sourire à la vieillesse,

Les grâces à la gloire et l'amour aux talens.

Rendez à la nature un hommage équitable,

Et jouissez, en admirant

Ce qu'elle a fait de plus aimable,

Ce qu'elle a fait de plus grand [1].

[1] La Harpe a signalé son zèle pour la gloire de Voltaire par plusieurs ouvrages remarquables qui se succédèrent de près : Le *Dithyrambe*, couronné à l'Académie Française, la comédie des *Muses rivales*, l'*Eloge*, en prose, *de Voltaire*. On peut y joindre la *Notice du couronnement de Voltaire* au Théâtre Français.   (E. D.)

Vers du marquis de Villette à M. de Voltaire, qui était en convalescence, après une dangereuse hémorrhagie.

Le dernier souffle de la vie

Etait prêt à vous échapper,

Mais, respectant votre génie,

La mort a craint de vous frapper.

Quatre-vingts ans ont vu l'histoire
Compter vos jours par vos succès ;
Vous vivrez encor pour la gloire
Et pour l'honneur du nom français.
Vous avez dès votre jeune âge
Conquis le sceptre des talens,
Et vous y joindrez l'avantage
De le garder jusqu'à cent ans.

Sur la mort de Voltaire, par Le Brun.

O Parnasse, frémis de douleur et d'effroi !
Pleurez, Muses, brisez vos lyres immortelles !
Toi, dont il fatigua les cent voix et les ailes,
Dis que Voltaire est mort, pleure, et repose-toi !

Vers pour être mis au bas de la représentation d'un mausolée érigé par Mme de *** à la gloire de M. de Voltaire, par Thomas.

Le plus grand de son siècle en fut le plus aimable.
　　　　Sur ses écrits, sur ses discours,
La grâce répandit ce charme inexprimable
Qui sans nous fatiguer nous attache toujours.
Il épuisa la gloire, il tourmenta l'envie.
Chacun de ses travaux éternisa sa vie,
Et ses bienfaits encore ont embelli ses forces.

Les beaux arts éperdus, l'amitié désolée,

Voudraient lui dresser un autel.

Cherchant un jour son mausolée,

L'univers doutera s'il eut rien de mortel.

Stances sur la mort de M. de Voltaire, attribuées à la comtesse de Boufflers.

Ce que Dieu fait est bien : La Fontaine le dit.
Cependant si j'avais produit un si grand œuvre,
Voltaire aurait encor ses sens et son esprit :
Je me serais gardé de briser mon chef-d'œuvre.

Celui que dans Athène eût adoré la Grèce,
Que dans Rome à sa table Auguste eût fait asseoir,
Nos Césars d'aujourd'hui n'ont pas voulu le voir,
Et Monsieur de Beaumont [1] lui refuse une messe.

Oui, vous avez raison, Messieurs de Saint-Sulpice ;
Et pourquoi l'enterrer ? N'est-il pas immortel ?
A ce rare génie on peut sans injustice
Refuser un tombeau, mais non pas un autel.

Mémoires de Longchamp, pages 373-374, 379, 380, 381, du
T. II des *Mémoires sur Voltaire,* par Longchamp et Wagnière. (Paris, Aimé André, 1826.)

[1] Christophe de Beaumont, archevêque de Paris (1703-1781). (E. D).

HISTOIRE POSTHUME DE VOLTAIRE

I

Sépulture

La famille de M. de Voltaire, voyant qu'on lui refuserait la sépulture dans Paris, obtint de M. Amelot[1], alors ministre de Paris, la permission de transporter le corps, pour y être inhumé à Ferney ou ailleurs. Elle fit viser la déclaration donnée à l'abbé Gautier, et le curé de Saint-Sulpice ne s'opposa nullement à la translation du défunt[2].

[1] Directeur du département de Paris.

Diderot a dit, à propos de ce refus : « Dans l'année où les seigneurs d'Angleterre avaient accompagné à Westminster, parmi la sépulture des rois, à côté de l'urne de Newton, les cendres de Garrick, acteur, qui devait sa célébrité à rendre les poëmes de Shakespeare, on refusait à Paris une poignée de terre, un coin de cimetière, à l'émule de Corneille et de Racine. » *(Essai sur les règnes de Claude et de Néron. Londres, 1782, p. 308.)* (E. D.)

[2] Il est probable que ce curé avait été informé par M. Amelot, que l'intention du roi était qu'on s'abstînt en cette circonstance

Comme on devait naturellement présumer qu'on le conduirait à Ferney, l'archevêque de Paris, dit-on, écrivit consécutivement trois lettres à l'évêque d'Annecy, pour l'engager à défendre au curé de Ferney

de tout ce qui aurait pu donner lieu à quelques scènes scandaleuses. (Note de l'éditeur des *Mémoires sur Voltaire et sur ses ouvrages.*)

« Je consens, avait écrit le curé, que le corps de M. de Voltaire soit emporté sans cérémonie, et je me départs, à cet égard, de tous les droits curiaux. »

A Paris, 30 mai 1778.

S. DE TERSAC, curé de Saint-Sulpice.

Depuis que la faculté avait condamné M. de Voltaire, il s'était tenu plusieurs conciliabules chez l'archevêque de Paris, et le résultat avait été d'effectuer la menace que l'Eglise faisait, il y a longtemps, contre ce chef de l'impiété, de lui refuser la sépulture chrétienne. Le curé de Saint-Sulpice a bien vu le malade plusieurs fois, mais celui-ci faisait le muet, et le pasteur n'en a pu rien tirer; ensorte qu'il n'a pas même reçu l'extrême-onction. On ne désespère pourtant pas encore de vaincre, par le secours de l'autorité, l'opiniâtreté des prêtres, qu'on apaisera d'ailleurs avec beaucoup d'argent. (*Mémoires secrets,* etc. T. XII, p. 4, du 1er juin 1778.)

On varie tellement sur les motifs qui ont déterminé l'évasion du corps de M. de Voltaire, sur ce qu'il est devenu et sur ce qu'il deviendra, qu'on ne peut encore fixer la vérité sur des faits. (*Ibid., Ibid.*, pages 5, 6 et 7, du 2 juin.)

Autant qu'on a pu éclaircir ce qui concerne le départ du corps de M. de Voltaire, ne sachant trop qu'en faire, et dans la crainte que l'évêque d'Annecy, avec qui le philosophe défunt avait eu déjà des querelles fort vives, instruit de ce qui s'était passé à Paris, ne secondât le fanatisme de l'archevêque, la famille est

d'enterrer Voltaire et de lui faire aucun service dans sa paroisse.

On embauma le corps[1]. Les chirurgiens qui firent cette opération m'ont assuré n'avoir jamais vu

---

[1] *Rapport de l'ouverture et embaumement du corps de M. de Voltaire, fait le trente-un may 1778,* en l'hôtel de M. de Villette.

(E. D.)

---

convenue provisoirement de le mettre en dépôt à Scellières, abbaye de Champagne, qui appartient à l'abbé Mignot. Il a été conduit par un domestique de confiance, et l'on est actuellement à se remuer auprès du gouvernement pour décider définitivement du sort des reliques de ce grand homme. On ne dit pas même où les moines les ont placées, si c'est dans l'église ou dans un lieu particulier du couvent. *(Ibid., Ibid.,* du 5 juin.)

Le gouvernement ayant fait défendre à tous les journaux et autres écrivains en France, de faire mention en rien de M. de Voltaire, le dernier acte de sa vie et les suites qu'il a eues sont toujours dans l'obscurité. Il passe pour constant aujourd'hui, que son corps, déposé à Scellières, y a été enterré provisoirement par les moines, et voici comment : Après avoir ouvert et embaumé le cadavre, on l'a assemblé, on l'a affublé d'une perruque et d'une robe de chambre. L'abbé Mignot s'est rendu le premier au couvent, a prévenu ses religieux que son oncle, quoique moribond, par une fantaisie de malade, avait désiré venir chez lui; qu'il n'avait pu lui refuser cette consolation, et qu'il allait toujours lui préparer un appartement, mais qu'il craignait bien que ce ne fût en vain. En effet, peu après est arrivé le carrosse, et le conducteur a déclaré que son maître était mort en route, même depuis quelque temps; qu'il commençait à se corrompre; et sur cette déclaration, confirmée vraisemblablement

d'homme mieux constitué ; aussi a-t-il lutté trois semaines contre des maladies qui auraient tué d'autres
hommes en peu de jours. Les chirurgiens et les apo-
thicaires voulurent avoir de sa cervelle, qu'ils trouvèrent fort ample et sans aucune altération [1] ; ils se la

[1] Le jeune chirurgien qui fit cette opération fut étonné de
cette quantité de cervelle. Il témoigna sa surprise et son admiration à cet égard, et ne pouvait se lasser de regarder ce phéno-

par les médecins et chirurgiens de la maison, gagnés, on a dès
le lendemain procédé à l'inhumation.

Depuis est survenue de la part de l'évêque de Troyes, dans le
diocèse duquel est l'abbaye, défense d'enterrer cet impie ; mais la
chose était faite, et l'on présume, avec assez de raison, que ce
prélat, moins zélé que les autres, se sera conduit ainsi pour ne se
brouiller avec personne. (*Ibid., Ibid.,* p. 11, du 11 juin.)

*Extrait du registre des actes de sépulture de l'abbaye royale de
Notre-Dame de Scellières, diocèse de Troyes.*

« Ce jourd'hui, 2 juin 1778, a été inhumé dans cette église,
» messire François-Marie Arouet de Voltaire, gentilhomme or-
» dinaire de la chambre du roi, l'un des quarante de l'Académie
» française, âgé de quatre-vingt-quatre ans environ, décédé à
» Paris, le 30 mai dernier, présenté à notre église le jour d'hier,
» où il est déposé, jusqu'à ce que, conformément à sa dernière
» volonté, il puisse être transporté à Ferney, lieu qu'il a choisi
» pour sa sépulture ; la dite inhumation faite en présence
» de, etc. »

Cette pièce est tirée du journal *Encyclopédique,* où l'on lit
d'autres circonstances ajoutées pour rendre plus odieuse la conduite du clergé envers le corps de M. de Voltaire, dont la conduite prouverait qu'il a au moins voulu satisfaire à l'extérieur.
(*Ibid., Ibid.,* pages 60, 61 et 62, du 28 juillet.)

partagèrent, et M. de Villette obtint de Mme Denis le cœur de ce grand homme[1].

On emmena en cachette son corps, tout habillé, dans la voiture préparée d'avance pour cela. Son neveu, M. l'abbé Mignot, son petit-neveu, M. d'Hor-

mène avec des yeux interdits; il demanda même la permission de garder le cervelet, désirant conserver précieusement quelques restes de ce grand homme. (Dépêche du prince Bariatinsky. *Journal des Débats*, du 30 janvier 1869.)

Le crâne était petit en apparence; il fut ouvert par Pipelet, membre de l'Académie de chirurgie. Le chirurgien Rose de Lépinoy, qui était présent, vint aussitôt rendre compte à la faculté de médecine des résultats de l'autopsie. Deux choses furent principalement remarquées : le peu d'épaisseur des parois osseuses du crâne, malgré l'âge avancé du sujet, et l'énorme développement de l'encéphale. Le cerveau ne fut point disséqué; on l'enleva en entier, et un pharmacien célèbre, Mitouart, le fit durcir dans l'alcool bouillant, pour le conserver ensuite dans de l'esprit de vin..... Longtemps après, dans une société savante, on mit une portion de ce cerveau en contact avec la lumière d'une bougie; elle s'enflamma et jeta de vives étincelles. Spectacle de pure curiosité : le cerveau de Voltaire ne projetait plus qu'une lumière toute physique, ombre de la lumière de l'esprit. Réveillé-Parise, *Physiologie et hygiène des hommes livrés aux travaux de l'esprit* (Paris, 1839), T. I, pages 296-297.

---

[1] Ce cœur qu'il avait recueilli dans une boîte de vermeil, trouvait son naturel sanctuaire dans la chambre même du poète, dont on avait conservé avec un soin religieux la distribution et l'aménagement. Le monument dans lequel il était déposé était une pyramide quadrangulaire contre laquelle avait été adossé un autel formé d'un simple tronçon de colonne canelée. Cet en-

noy, avec MM. Marchand de Varennes et de la
Houillière, aussi parents, l'accompagnèrent jusqu'à
l'abbaye de Scellières, à sept lieues de Troyes en
Champagne, dont M. Mignot est abbé.

semble, d'une élévation approximative de sept pieds, paraissait
de marbre blanc, noir et vert antique, et était encaissé dans une
niche drapée de noir. *a)* Quelque sommaire qu'elle soit, cette
description donnerait l'idée d'un monument tout autre qu'il n'é-
tait en réalité, à n'écouter que Wagnière. « Ce soi-disant superbe monument de trois sortes de marbre, nous dit-il, n'est
que de la terre glaise, cuite et vernissée en couleur de marbre,
et dont la valeur est au plus de deux louis. » *b)* Il semble qu'on
ne saurait dire pis ; mais le haineux secrétaire aura trouvé le
moyen d'être plus dur encore. « Il fit, ajoute-t-il ailleurs, arranger dans une armoire une espèce de petit tombeau de terre
cuite vernissée, ou plutôt les débris d'un poêle, de la valeur
d'environ deux louis, et dit avoir déposé dans un beau monument le cœur de M. de *Voltaire,* qui n'y est point du tout. » *c)*
Son peu d'affection pour le mari de *Belle et Bonne* le rend aussi
outré dans son énumération dénigrante que l'a été lui-même le
marquis dans sa pompeuse description d'un mausolée fort mé-
diocre. Il assure que le cœur de Voltaire en était absent, et il
n'est pas le seul qui l'ait prétendu ; La Borde ira jusqu'à dire
dans ses *Lettres sur la Suisse, d)* qu'il avait été relégué sur une
tablette de l'office. Mais c'est ce que relèvera avec indignation
M. de Villette. « La chambre de M. de Voltaire n'a jamais été
habitée par personne depuis sa mort. Les meubles y sont à leur

a) *Mémoires secrets pour servir à l'histoire de la république des Lettres* (Londres, John
Adamson), T. XIV, p. 284, 285, 286. Extrait d'une lettre de Ferney du 15 novembre
1779.
b) Longchamp et Wagnière, *Mémoire sur Voltaire* Paris, André, 1826), T. II, p. 30.
Examen des mémoires de Bachaumont, 1779.
c) Ibid., ibid., T. I, p. 169. Voyage de Voltaire à Paris, 1778.
d) *Lettres sur la Suisse adressées à* Mme *de* M*** *par un voyageur français* (Genève,
1783), T. I, p. 244 et suiv. Lettre XVIII ; à Ferney, ce 21 juin 1781.

On mit le corps dans une bière de sapin (on n'a pas sans doute jugé qu'il fût digne d'avoir un cercueil de plomb) [1]. Il fut inhumé dans l'église, et quelques heures après, le prieur reçut de l'évêque de

[1] ENTERREMENT DE M. DE VOLTAIRE, A SCELLIÈRES
Pièces dont était porteur l'abbé Mignot, lorsqu'il se rendit à l'abbaye de Scellières pour l'enterrement de Voltaire.

1º Le curé de Saint-Sulpice lui donna la renonciation suivante : « Je consens que le corps de M. de Voltaire soit emporté sans cérémonie, et je me départs à cet égard de tous droits curiaux. »

2º Il obtint de l'abbé Gautier la déclaration qui suit : « Je

place, tels qu'ils étaient pendant sa vie. On lit sur la porte de cette chambre : *Son esprit est partout et son cœur est ici.* Le cœur de M. de Voltaire, déposé dans cette chambre, est renfermé et scellé dans l'intérieur d'une pierre tumulaire, dont on peut lire la description faite par un voyageur impartial (dans un *Mercure* de 1779) *a)* qui ne s'écrie jamais avec transport ni surprise, mais qui raconte simplement et sans humeur. *b)* M. de Villette nous renvoie à la description d'un « voyageur impartial ». Il aurait bien ses raisons pour cela, si l'extrait que publient les *Mémoires secrets*, et qui n'est autre que la reproduction du *Mercure*, était, comme le prétend Wagnière, de M. de Villette lui-même. Gustave DESNOIRESTERRES. *Voltaire et la société au XVIIIme siècle. Retour et mort de Voltaire* (Paris, Didier et Cᵉ, 1876), p. 462-463.

a) Mercure (journal politique de Bruxelles), p. 133, 134. « M. l'abbé de B***, est-il dit en tête de l'article, nous a adressé la lettre suivante de Genève; elle contient des détails qui peuvent intéresser la plupart de nos lecteurs et que nous nous empressons de transcrire. » Quant à cette inculpation d'ignoble abandon, l'abbé Depery la dément positivement. « Le cœur de Voltaire n'a jamais été abandonné, dit-il, à la valetaille, comme l'ont répété quelques biographes; renfermé dans une boîte de vermeil, il est aujourd'hui entre les mains de M. le marquis de Villette, au château de Villette, département de l'Oise. » *Biographie des hommes utiles du département de l'Oise* (Bourg, 1835), T. I, p. 163.
b) Journal de Paris du 12 août 1783, Nº 224, p. 297. Lettre de Villette aux auteurs du *Journal*; Paris, ce 3 août 1783. (Notes de l'auteur.)

Troyes une défense d'enterrer M. de Voltaire; mais
la chose était faite et la défense inutile; on se borna
à destituer le prieur [1].

(Wagnière, *Relation du voyage de M. de Voltaire à
Paris et de sa mort*, p. 162-163 du T. I des *Mémoires sur Voltaire et sur ses ouvrages*, etc.)

[1] ... La messe terminée, il fut procédé à l'inhumation. La fosse
avait été creusée dans la partie très restreinte de l'église séparée
du chœur. Ce fut là qu'en présence de ce clergé nombreux, de
ses neveux, de la foule assemblée, l'auteur de *Zaïre* et du *Siècle
de Louis XIV* fut déposé, en attendant que, conformément à sa
dernière volonté, il pût être transféré à Ferney. a) Il est dit dans
la relation du prince Barïatinsky, que la dépouille mortelle du
poëte fut recouverte de deux pieds de chaux vive, qui, en deux
heures, l'eurent consumé à ce qu'il n'en restât point vestige, afin
d'empêcher qu'il ne vînt dans l'idée de l'évêque diocésain de faire

a) ... Incontinent après la dite messe haute, nous, prieur susdit, célébrant, avons
fait l'inhumation du corps du dit défunt sieur de Voltaire, dans le milieu de la partie
de notre église séparée du chœur et en face d'icelui; après laquelle inhumation nous
dit Dom de Corbière avons dressé acte d'icelle le dit jour deux juin, sur les registres
destinés à cet effet, portant que le corps du dit sieur de Voltaire, inhumé en la dite
église (comme dit est), est déposé jusqu'à ce que, conformément à sa dernière volonté, il puisse être transféré au dit lieu de Ferney, où il a choisi sa sépulture »
Grosley, *Œuvres inédites* (Paris, 1813, T. II, p. 458, 464. Procès-verbal d'inhumation.

soussigné, certifie à qui il appartiendra, que je suis venu à la
réquisition de M. de Voltaire, et que je l'ai trouvé hors d'état de
l'entendre en confession. »

Lettre de l'évêque de Troyes au prieur de Scellières.

Je viens d'apprendre, Monsieur, que la famille de M. de Voltaire, qui est mort depuis quelques jours, s'était décidée à faire
transporter son corps à votre abbaye, pour y être enterré, et cela
parce que le curé de Saint-Sulpice leur avait déclaré qu'il ne
voulait pas l'enterrer en terre sainte.

Je désire fort que vous n'ayez pas encore procédé à cet enter-

exhumer le cadavre. a) L'ambassadeur avait été mal informé; peut-être avait-on, dans les premiers instants, fait courir ce bruit pour calmer le zèle des dévots fanatiques qui eussent voulu (et le voudront jusqu'au succès) que cet abominable ennemi de leur Dieu et de leur foi n'eût d'autre sépulture que la voirie qu'il avait tant appréhendée pour ses cendres. — GUSTAVE DESNOI-RETERRES. *Voltaire et la Société au XVIIIe siècle. Retour et mort de Voltaire* (Paris, Didier et Cᵉ, 1876), p. 396.

a) *Journal des Débats du samedi 30 janvier 1869.* Le bruit en courut, en effet, et les papiers publics d'Angleterre rappelleront cette circonstance, à laquelle ils feindront d'ajouter foi lors de la translation des cendres au Panthéon. (Note de l'auteur.)

---

rement, ce qui pourrait avoir des suites fâcheuses pour vous; et si l'inhumation n'est pas faite, comme je l'espère, vous n'avez qu'à déclarer que vous n'y pouvez procéder sans avoir des or-dres exprès de ma part.

J'ai l'honneur d'être bien sincèrement, Monsieur, votre très humble et obéissant serviteur.

2 juin 1778.   *Evêque de Troyes.*

Nota. (Ce digne homme se nommait Claude-Mathias-Joseph de Barral; il était alors âgé de 62 ans.)

Réponse du Prieur.

A Scellières, 3 juin 1778.

Je reçois dans l'instant, Monseigneur, à trois heures après midi, avec la plus grande surprise, la lettre que vous m'avez fait l'honneur de m'écrire en date du jour d'hier 2 juin : il y a maintenant plus de vingt-quatre heure que l'inhumation du corps de M. de Voltaire est faite dans notre église, en présence d'un peuple nombreux. Permettez-moi, Monseigneur, de vous faire le récit de cet événement, avant que j'ose vous présenter mes réflexions.

Dimanche au soir, 31 mai, M. l'abbé Mignot, conseiller au grand conseil, notre abbé commendataire, qui tient à loyer un appartement dans notre monastère, parce que son abbatiale n'est

pas habitable, arriva en poste pour occuper cet appartement. Il
me dit, après les premiers compliments, qu'il avait eu le malheur de perdre M. de Voltaire, son oncle; que ce Monsieur avait
désiré dans ses derniers moments d'être porté après sa mort
dans sa terre de Ferney, mais que le corps, qui n'avait pas été
enseveli, quoique embaumé, ne serait pas en état de faire un
voyage aussi long; qu'il désirait, ainsi que sa famille, que nous
voulussions bien recevoir le corps en dépôt dans le caveau de
notre église; que ce corps était en marche, accompagné de trois
parents, qui arriveraient bientôt. Aussitôt M. l'abbé Mignot
m'exhiba un consentement de M. le curé de Saint-Sulpice, signé
de ce pasteur, pour que le corps de M. de Voltaire pût être
transporté sans cérémonie; il exhiba, en outre, une copie
collationnée par ce même curé de Saint-Sulpice, d'une profession de foi catholique, apostolique et romaine, que M. de Voltaire a faite entre les mains d'un prêtre, approuvée en présence
de deux témoins, dont l'un est M. Mignot, notre abbé, neveu
du pénitent, et l'autre un M. le marquis de Villevieille. Il me
montra, en outre, une lettre du ministre de Paris, M. Amelot, adressée à lui et à M. Dampierre d'Hornoy, neveu de
M. l'abbé Mignot, et petit-neveu du défunt, par laquelle ces
Messieurs étaient autorisés à transporter leur oncle à Ferney ou
ailleurs. D'après ces pièces, qui m'ont paru et qui me paraissent
encore authentiques, j'aurais cru manquer au devoir de pasteur,
si j'avais refusé les secours spirituels dus à tout chrétien et surtout à l'oncle d'un magistrat qui est depuis vingt-trois ans abbé
de cette abbaye, et que nous avons beaucoup de raison de con-
sidérer; il ne m'est pas venu dans la pensée que monsieur le curé
de Saint-Sulpice ait pu refuser la sépulture à un homme dont il
avait légalisé la profession de foi, faite tout au plus six semaines
avant son décès, et dont il avait permis le transport tout récemment au moment de sa mort. D'ailleurs, je ne savais pas qu'on
pût refuser la sépulture à un homme quelconque, mort dans le
corps de l'Eglise, et j'avoue que, selon mes faibles lumières, je
ne crois pas encore que cela soit possible. J'ai préparé en hâte

tout ce qui était nécessaire. Le lendemain matin sont arrivés dans la cour de l'abbaye deux carrosses, dont l'un contenait le corps du défunt, et l'autre était occupé par M. d'Hornoy, conseiller au parlement de Paris, petit-neveu de M. de Voltaire; par M. Marchand de Varennes, maître d'hôtel du roi, et M. de la Houllière, brigadier des armées, tous deux cousins du défunt. Après midi, M. Mignot m'a fait à l'église la présentation solennelle du corps de son oncle, qu'on avait déposé; nous avons chanté les vêpres des morts; le corps a été gardé toute la nuit dans l'église, environné de flambeaux. Le matin, depuis cinq heures, tous les ecclésiastiques des environs, dont plusieurs sont amis de M. Mignot, ayant été autrefois séminaristes à Troyes, ont dit la messe en présence du corps, et j'ai célébré une messe solennelle à onze heures, avant l'inhumation, qui a été faite devant une nombreuse assemblée. La famille de M. de Voltaire est repartie ce matin, contente des honneurs rendus à sa mémoire et des prières que nous avons faites à Dieu pour le repos de son âme. Voilà les faits, monseigneur, dans la plus exacte vérité. Permettez, quoique nos maisons ne soient pas soumises à la juridiction de l'ordinaire, de justifier ma conduite aux yeux de votre grandeur : quels que soient les priviléges d'un ordre, ses membres doivent toujours se faire gloire de respecter l'épiscopat, et se font honneur de soumettre leurs démarches, ainsi que leurs mœurs, à l'examen de nos seigneurs les évêques : comment pouvais-je supposer qu'on refusait, ou qu'on pouvait refuser à M. de Voltaire la sépulture qui m'était demandée par son neveu, notre abbé commendataire depuis vingt-trois ans, magistrat depuis trente ans, ecclésiastique qui a beaucoup vécu dans cette abbaye et qui jouit d'une grande considération dans notre ordre; par un conseiller au parlement de Paris, petit-neveu du défunt; par des officiers d'un grade supérieur, tous parents et tous gens respectables? Sous quel prétexte aurais-je pu croire que M. le curé de Saint-Sulpice eût refusé la sépulture à M. de Voltaire, tandis qu'il a écrit et signé de sa propre main un consentement que ce corps fût transporté sans cérémonie? Je ne sais ce qu'on impute à M. de Voltaire ; je connais plus ses ouvrages par sa réputation qu'autrement ; je ne les ai pas lus tous ; j'ai ouï dire à monsieur son neveu, notre abbé, qu'on lui en imputait de très repréhensibles qu'il a toujours désavoués : mais je sais d'après les canons qu'on ne refuse la sépulture qu'aux excommuniés, *lata sententia*, et je crois être sûr que M. de Voltaire n'est pas dans ce cas. Je crois avoir fait mon devoir en l'inhumant sur la réquisition d'une famille respectable, et je ne puis m'en repentir. J'espère, monseigneur, que cette action n'aura pas pour moi des suites fâcheuses ; la plus fâcheuse, sans doute, serait de perdre votre estime ; mais, d'après l'explication que j'ai l'honneur de faire à votre grandeur, elle est trop juste pour me la refuser.

Je suis avec un profond respect,

Le Prieur de Scellières,

Dom POTHÉRAT DE CORBIERRES.

(VOLTAIRE. *Œuvres complètes* [Paris, Carez, Thomine et Fortic, 1820], T. I, p. 509-513. Supplément aux Pièces justificatives pour la *Vie de Voltaire,* par Condorcet.)   (E. D.)

ADIEUX A LA VIE

A Paris, 1778.

Adieu, je vais dans ce pays
D'où ne revint point feu mon père :
Pour jamais, adieu mes amis,
Qui ne me regretterez guère.
Vous en rirez, mes ennemis,
C'est le *requiem* ordinaire.
Vous en tâterez quelque jour ;
Et lorsqu'au ténébreux rivages
Vous irez trouver vos ouvrages,
Vous ferez rire à votre tour.

Quand sur la scène de ce monde
Chaque homme a joué son rôlet,
En partant il est à la ronde
Reconduit à coups de sifflet.

Dans leur dernière maladie,
J'ai vu des gens de tous états,
Vieux évêques, vieux magistrats,
Vieux courtisans à l'agonie.
Vainement, en cérémonie,
Avec sa clochette arrivait
L'attirail de la sacristie ;
Le curé vainement oignait
Notre vieille âme à sa sortie ;
Le public malin s'en moquait ;
La satire un moment parlait
Des ridicules de sa vie,
Puis à jamais on l'oubliait :
Ainsi la farce était finie.
Petits papillons d'un moment,
Invisibles marionnettes,
Qui volez si rapidement,
De Polichinelle au néant,
Dites-moi donc ce que vous êtes !
Au terme où je suis parvenu
Quel mortel est le moins à plaindre ?
C'est celui qui ne sait rien craindre,
Qui vit et qui meurt inconnu.

VOLTAIRE (Poésies mêlées).

Extrait des *Mémoires de Bachaumont*, T. XII, p. 28, du 23
juin 1878 : « Entre les différentes épitaphes faites pour M. de
Voltaire, il faut encore distinguer celle-ci, soit à cause de sa
concision, de sa justesse et de son impartialité, soit à cause de
l'illustre auteur auquel on l'attribue, M. Rousseau, de Genève :

Plus bel esprit que grand génie,
Sans loi, sans mœurs et sans vertu,
Il est mort comme il a vécu,
Couvert de gloire et d'infamie.

« Quel excès d'ineptie ou quel excès d'impudence d'attribuer

10

quatre vers aussi faux qu'outrageants contre la mémoire du vieillard illustre que la France venait de perdre, à un vieillard infirme, retiré à la campagne à dix lieues de Paris, accablé de souffrances et touchant lui-même à sa dernière heure ! J.-J. Rousseau, dont les poésies n'offrent pas la plus légère trace de satire, et qui, malgré une inimitié réciproque, a toujours rendu justice au génie de Voltaire ! » — Note de l'éditeur des *Mémoires sur Voltaire*, par Longchamp et Wagnière, ses secrétaires (Paris, Aimé André, 1826), T. I, p. 501.   (E. D.)

II

Testament de Voltaire.

Le testament de M. de Voltaire à son ouverture a étonné tout le monde. On comptait y trouver des dispositions qui feraient honneur à son esprit et à son cœur. Rien de tout cela; il est très plat et sent l'homme dur qui ne songe à personne et n'est capable d'aucune reconnaissance. Ce qui augmente l'indignation, c'est qu'il a deux ans de date et a été fait conséquemment avec toute la maturité de jugement possible. Voici les principaux articles :

A M. Wagnière, son secrétaire, son bras droit, dont il ne pouvait se passer, qu'il appelait son ami, son *fidus Achates,* 8000 liv. une fois payées; rien à sa femme et à ses enfants.

A son domestique, nommé Lavigne, qui le servait depuis trente-trois ans, une année de gages seulement.

A la Barbara, sa gouvernante de confiance, 800 livres payées une fois seulement.

Aux pauvres de Ferney, 300 liv. une fois payées.

Six livres anglais à un M. Durieu. Du reste, rien à qui que ce soit.

A Mme Denis, 80,000 liv. de rente et 400,000 liv. d'argent comptant, en ce qu'il la fait sa légataire universelle. 100,000 liv. seulement à l'abbé Mignot, son autre neveu et autant à M. d'Hornoy.

(*Mémoires secrets*, dits *de Bachaumont*. T. XII, p. 13 et 14 du 12 juin 1778.)

Le testament de M. de Voltaire contient les dispositions dont on parle ici; mais j'observe que le nommé Lavigne servait Mme Denis et non M. de Voltaire; qu'au lieu de six volumes anglais à un M. Durieu, il légua tous ses livres anglais à M. Rieu, et il en avait beaucoup. A l'égard du reste, particulièrement de ce qui me concerne et des réflexions que se permet ici le rédacteur des *Mémoires de Bachaumont*, je prie le lecteur de voir mes *Additions au Commentaire historique* et ma *Relation*.

(Wagnière, *Examen des Mémoires de Bachaumont*, p. 496 du T. I des *Mémoires sur Voltaire et sur ses ouvrages*.)

L'intention de mon maître était qu'après sa mort

j'eusse vingt mille écus, y compris les huit mille francs
portés sur son testament, et de me donner le surplus
de la main à la main, en billets à mon ordre sur son
banquier, M. Shérer, à Lyon. Il me les remit en
mains en 1777; mais je crus, par respect et par
crainte de lui laisser apercevoir le moindre doute sur
sa bonne volonté à mon égard, que je ne devais pas
les garder, et je les lui rendis. Je ne prévoyais point
alors que par une fatalité et des circonstances bien
étranges, je ne serais pas auprès de lui à sa mort,
malgré ses instances, et que dans ses derniers moments il ne pût obtenir que son notaire vînt vers lui,
quoiqu'il me le demandât.

Ainsi mon cœur ne doit pas être moins sensible,
après la connaissance parfaite que j'ai toujours eue
des bonnes intentions de M. de Voltaire pour moi,
et que le public ne pouvait ignorer.

*(Additions au Commentaire historique sur les œuvres
de l'auteur de la Henriade,* par Wagnière, p. 15
du T. I des *Mémoires sur Voltaire et ses ouvrages,*
etc.)*

M. de Voltaire voulait, par la modicité de la somme
énoncée dans son testament, forcer Mme Denis, sa
nièce, dont il supposait l'âme noble et généreuse,
d'avoir aussi la gloire de contribuer à mon bien-être;

c'est même ce qu'il lui recommandait expressément
dans les instructions qu'il lui donnait dans une feuille
séparée, qui accompagnait son testament, et il pouvait d'autant mieux espérer qu'elle y aurait égard,
qu'il la laissait son héritière universelle, avec cent ou
cent vingt mille livres de rente[1].

*(Relation du voyage de M. de Voltaire à Paris, en
1778, et de sa mort, p. 167 du T. I des Mémoires
sur Voltaire, etc.)*

[1] Elle hérita en outre de six cent mille francs en argent
comptant et en billets à ordre, et de la terre de Ferney. M. de
Voltaire donnait à ses domestiques une année de leurs gages, et
son héritière n'a voulu la payer qu'à un petit nombre; tous les
autres en ont été frustrés. (Note de l'auteur).

III

*Cérémonie funèbre en l'honneur de Voltaire, célé-
brée à la loge maçonnique des* Neuf-Sœurs,
le 28 novembre 1778.

La cérémonie funèbre dont la loge des *Neuf-Sœurs*
se proposait d'honorer la mémoire du frère Voltaire,
en suppléant en quelque sorte à celle que lui avait re-
fusée l'Eglise, a eu lieu hier, jour indiqué...

Après la célébration des mystères, interdite aux
profanes, on a fermé la loge et l'on s'est transporté
dans une vaste enceinte en forme de temple, où la
fête devait se célébrer. Le *Vénérable*, frère Lalande,
les frères Franklin et comte de Strogonoff, ses assistants, ainsi que tous les grands-officiers et frères de
la loge, étant entrés pour faire les honneurs de l'assemblée, le grand-maître des cérémonies a introduit
les frères visiteurs deux à deux, au nombre de plus
de cent cinquante. Un orchestre considérable, dans

une tribune, jouait pendant cette marche celle d'*Alceste*; il a été exécuté ensuite différents morceaux de *Castor et Pollux*, et tout le monde étant en place, le frère-abbé Cordier de Saint-Firmin, agent général de la loge et celui auquel on doit l'imagination de la fête, est venu annoncer que Mme Denis et Mme la marquise de Villette désiraient recevoir la faveur de jouir du spectacle. La permission accordée, ces deux dames sont entrées, l'une conduite par le marquis de Villette, et la seconde par le marquis de Villevieille. Elles n'ont pu qu'être frappées du coup d'œil imposant du local et de l'assemblée, qui était restée décorée de ses différents cordons bleus, rouges, noirs, blancs, jaunes, etc., suivant les grades.

Après avoir passé sous une voûte étroite, on trouvait une salle immense, tendue de noir dans son pourtour et dans son ciel, éclairée seulement par de tristes lampes, avec des cartouches en transparents où l'on lisait des sentences en prose et en vers, toutes tirées des œuvres du frère défunt. Au fond se voyait le cénotaphe.

Les discours d'appareil ont commencé. Le Vénérable a d'abord fait le sien, relatif à ce qui allait se passer; l'orateur de la loge des *Neuf-Sœurs*, frère Changeux, a parlé après lui un peu plus longuement; frère Coron, l'orateur de la loge de *Thalie,* affiliée à celle des *Neuf-Sœurs,* a débité son compliment de mémoire, et quoique plus court, il a paru le meilleur. Enfin frère La Dixmerie a commencé l'éloge de Voltaire. Il a suivi la méthode de l'Académie française et a lu son cahier, ce qui refroidit beaucoup le panégyriste et l'auditoire. On y a observé quelques traits saillants, mais peu de faits et point d'anecdotes. Frère La Dixmerie s'est étendu trop amplement sur les œuvres de ce grand homme, qu'il a disséquées en détail, et n'a point assez parlé de la personne. Nulle digression vigoureuse, nul écart, nul élan; on voyait que l'auteur, continuellement dans les entraves, ne marchait qu'avec une circonspection timide, qui l'obligeait de faire de la *réticence* sa figure favorite. Le seul endroit où il se soit animé et ait mis un peu de chaleur, a été dans son apostrophe aux ennemis fougueux de son héros, où, après avoir dit tout ce qui pouvait les toucher, les attendrir : « Si sa mort enfin ne vous réduit pas au silence, » a-t-il ajouté, « je ne vois plus que la foudre qui puisse, en vous écrasant, vous y forcer. » A l'instant des coups redoublés de tonnerre d'opéra se font entendre; le cénotaphe a disparu; et l'on n'a plus vu dans le fond qu'un grand tableau représentant *l'apothéose de Voltaire.* On aurait désiré que, par une

heureuse adresse, on eût en même temps fait succéder à la décoration lugubre de la salle une décoration
brillante et triomphale.

Frère Roucher a terminé la séance en déclamant
un morceau du mois de *janvier,* de son *Poëme des
mois.* Il faut se rappeler la persécution excitée déjà
contre son ouvrage, quoiqu'il ne soit pas encore imprimé ; son zèle contre le fanatisme s'est animé et lui
a fait enfanter la tirade en question relative à la mort
de Voltaire et au refus de l'enterrer ; il a comparé cette
injustice avec les honneurs accordés aux cendres d'un
prélat hypocrite, d'un ministre concussionnaire. Dans
ces deux portraits, il a désigné sensiblement le cardinal de La Roche-Aymon et l'abbé Terrais, morts
peu avant, et a fini par annoncer que « toute terre où
reposerait la cendre de Voltaire serait une terre sa-
crée.»

Où repose un grand homme un dieu doit habiter.

Un enthousiasme général a saisi tous les spectateurs transportés ; on a crié *bis,* et il a fallu qu'il re-
commençât. On ne sait comment le clergé et le gouvernement prendront ce morceau ; on craint qu'il
ne mérite à l'auteur l'animadversion de l'un et la vengeance de l'autre.

(*Mémoires secrets,* dits *Mémoires de Bachaumont.*
T. XII, p. 193, du 29 novembre 1778.)

IV

Les honneurs du Panthéon sont décernés à Voltaire

A l'ouverture de la séance de l'Assemblée nationale du 8 mai 1791, un secrétaire donna lecture de
la lettre ci-après de Charron, officier municipal,
adressée au président :

« L'abbaye de Scellières, près Romilly (département de l'Aube), où reposent les cendres de Voltaire, vient d'être vendue. En ma qualité de commissaire chargé par le corps municipal de l'examen de la
demande en translation de ses cendres à Paris, on
vient de m'adresser une lettre ci-jointe, par laquelle
on m'apprend que les amis de la constitution, de
Troyes, en réclament la possession ; on y ajoute une
délibération prise par le conseil général de la commune de Romilly, par laquelle il est arrêté que les
restes de Voltaire seraient partagés.

» Alarmé de ces dispositions, n'ayant pas le temps
de demander la convocation du corps municipal, pen-
sant que l'Assemblée nationale voudra payer à la

mémoire de Voltaire le tribut de reconnaissance dont il reste à la nation à s'acquitter, convaincu que la ville de Paris plus qu'aucune autre a le droit de réclamer la possession des cendres de ce grand homme, né et mort dans ses murs, où la patrie reconnaissante vient de consacrer un monument pour les grands hommes [1], j'ose vous supplier, monsieur le président, de demander provisoirement un décret par lequel il soit ordonné que le corps de Voltaire sera transporté sur-le-champ dans l'église de Romilly ; autorisant le sieur Favereau, maire du dit lieu, à ce que les restes précieux de ce grand homme soient conservés sains et saufs jusqu'à ce qu'il plaise à l'Assemblée nationale d'en ordonner le transport à Paris.

» J'aurai l'honneur de vous faire observer, monsieur le président, que l'époque du 30 mai, anniversaire de la mort de Voltaire, semble être désignée par toute la France. Ce jour, l'intolérance et le fanatisme exercèrent contre le philosophe de Ferney leurs fureurs, leurs persécutions; que pareil jour soit celui du triomphe de la philosophie, de la raison et de la justice.

» Je suis avec respect, etc.»

[1] Le 4 avril 1791, l'Assemblée constituante, sur la demande du département de Paris, et à l'occasion de la mort de Mirabeau, décréta que l'église Sainte-Geneviève serait destinée à recevoir la sépulture des grands hommes. Le monument fut appelé *Panthéon français,* et l'on inscrivit, en lettres de bronze, dans la frise du fronton, l'inscription suivante, qui s'y voit encore : AUX GRANDS HOMMES LA PATRIE RECONNAISSANTE. (E. D.)

M. Regnaud de Saint-Jean-d'Angély prit le premier la parole après la lecture de cette lettre.

« Messieurs, dit-il, les restes d'un grand homme appartiennent à la nation. Voltaire est le seul homme qui ait repoussé le fanatisme; il a éclairé l'ignorance. Voltaire a été inhumé à Scellières; les municipalités voisines se disputent l'honneur d'avoir ses cendres; c'est à la nation entière à prendre un parti sur cette demande. Je demande donc que Voltaire soit mis au rang des grands hommes, et j'ai l'honneur de vous proposer le décret suivant :

« L'Assemblée nationale décrète que le corps de
» Marie-François Arouet de Voltaire sera transféré
» de l'église de l'abbaye de Scellières dans l'église pa-
» roissiale de Romilly, sous la surveillance de la mu-
» nicipalité du dit lieu de Romilly, qui sera chargée
» de veiller à la conservation de ce dépôt jusqu'à ce
» qu'il ait été statué par l'Assemblée sur la pétition
» de ce jour, qui est renvoyée au comité de consti-
» tution.»

M. LANJUINAIS. Un écrivain célèbre, Bayle[1], a dit : « Voltaire a mérité les remercîments, mais non pas l'estime du genre humain. » Si ce jugement est vrai, je crois qu'il serait plus sage de passer à l'ordre du jour.

---

[1] Lanjuinais commettait ici une grossière erreur : Bayle n'a pu connaître Voltaire écrivain, étant mort en 1706, alors que Voltaire atteignait à peine sa douzième année.   (E. D.)

M. Treilhard. Je vous rappellerai que Voltaire, en 1764, dans une lettre particulière qu'il écrivait, annonçait cette révolution dont nous sommes témoins; il l'annonçait telle que nous la voyons; il sentait qu'elle pouvait être encore retardée, que ses yeux n'en seraient point les témoins, mais que les enfants de la génération d'alors en jouiraient dans toute sa plénitude.

C'est à lui que nous la devons et c'est peut-être un des premiers pour lesquels nous élevons les honneurs que vous destinez aux grands hommes qui ont bien mérité de la patrie. Je ne parle pas de la conduite particulière de Voltaire; il suffit qu'il ait honoré le genre humain, qu'il soit l'auteur d'une révolution aussi belle, aussi grande que la nôtre, pour que nous nous empressions tous à lui faire rendre au plus tôt les hommages qui lui sont dus. Je demande donc que vous mettiez sur-le-champ aux voix la motion faite par M. Regnaud.

M. l'abbé Couturier. On compare Voltaire à un prophète; je demande que ses reliques soient envoyées en Palestine.

M. Gombert. Renvoyez-le à l'abomination de la désolation.

M. Treilhard. Voltaire a été pendant sa vie déchiré par l'ignorance et le fanatisme : Il n'est pas étonnant qu'il puisse encore y être en proie[1].

[1] *Moniteur* du 10 mai 1791, p. 535.   (E. D.)

L'Assemblée nationale n'ayant eu à rejeter que des amendements semblables à ceux de MM. Couturier et Gombert, adopta sans autre discussion le projet de M. Regnaud, et bientôt après, le 30 mai, elle entendit le rapport suivant de son comité de constitution :

Rapport sur la translation des cendres de Voltaire à Sainte-Geneviève fait au nom du comité de constitution par M. Gossin.

Messieurs, c'est le 30 mai 1778 que les honneurs de la sépulture ont été refusés à Voltaire, et c'est ce même jour que la reconnaissance nationale doit consacrer en s'acquittant envers celui qui a préparé les hommes à la tolérance et à la liberté.

Oui, messieurs, la philosophie et la justice réclament pour l'époque de leur triomphe celle où le fanatisme persécuteur a tenté de proscrire sa mémoire.

Les cendres de Voltaire, qui furent rejetées de la capitale, avaient été recueillies dans l'église de l'abbaye de Scellières. La vente du lieu de leur sépulture a excité le zèle de la municipalité de Paris, qui a réclamé la possession de ces restes précieux.

Bientôt les villes de Troyes et de Romilly les ont ambitionnés, et l'une d'elles avait délibéré qu'ils seraient partagés. C'est ainsi qu'en Italie deux cités se sont disputé les mânes d'un poëte célèbre. Vous avez ordonné à votre comité de constitution de vous rendre compte de la pétition de la municipalité de Paris ; son objet est que Voltaire, né et mort dans ses murs, soit transféré de l'église de Romilly, où il est actuellement déposé, dans le monument destiné à recevoir les cendres des grands hommes par la patrie reconnaissante.

Le titre de grand a été donné à Voltaire vivant par l'Europe étonnée ; mort, toutes les nations le lui ont consacré, et quand tous ses détracteurs ont péri, sa mémoire est devenue immortelle.

Voltaire a créé un monument qui repose sur les plus grands bienfaits comme sur les plus sublimes productions du génie ; Voltaire a terrassé le fanatisme, dénoncé les erreurs jusqu'alors idolâtrées de nos antiques institutions ; il a déchiré le voile qui couvrait toutes les tyrannies. Il avait dit avant la constitution française :

> Qui sert bien son pays n'a pas besoin d'aïeux.

Les serfs du mont Jura l'avaient vu ébranler l'arbre antique que vous avez déraciné ; il a crié vengeance pour les Sirven et les Calas assassinés au nom de la justice ; il a crié vengeance pour l'humanité entière, avant que vous effaçassiez de vos codes sanguinaires les lois qui ont immolé ces célèbres victimes.

La nation a reçu l'outrage fait à ce grand homme, la nation le réparera ; et les Français, devenus libres, décerneront au libérateur de la pensée l'honneur qu'a reçu d'eux l'un des fondateurs de la liberté.

Je suis chargé de vous présenter le projet de décret suivant :

« L'Assemblée nationale, après avoir entendu le
» rapport du comité de constitution, décrète que
» Marie-François Arouet de Voltaire est digne de re-
» cevoir les honneurs décernés aux grands hommes;
» qu'en conséquence ses cendres seront transférées de
» l'église de Romilly dans celle de Sainte-Geneviève
» à Paris.»

A la suite de ce rapport, M. Regnaud prit encore la parole et s'exprima ainsi :

Quand j'unis ma voix à celle de ceux qui, justes appréciateurs des hommes, réclament pour Voltaire et pour l'honneur de la France le rang qui lui appartient parmi les génies qui l'ont illustrée; quand je viens proposer un amendement au décret du comité, ce n'est pas aux talents seuls que je rends hommage, ce n'est pas au génie le plus distingué de son siècle, à l'homme que la nature n'a pas encore remplacé sur le globe; ce n'est pas à celui qui exerça sur tous les arts, sur toutes les sciences, le despotisme du talent. Ces titres, tout précieux qu'ils sont, ne suffiraient pas pour décider les représentants de la nation française à décerner au philosophe de Ferney les honneurs qu'on sollicite pour sa cendre. Je les réclame pour le philosophe qui osa un des premiers parler aux peuples de leurs droits, de leur dignité, de leur puissance, au milieu d'une cour corrompue.

11

Voltaire, dont une des faiblesses fut d'être courtisan, parlait aux courtisans l'austère langage de la vérité ; il rachetait, par la manière dont il burinait les vices des tyrans qui avaient opprimé les nations, quelques flatteries qui lui échappaient pour les despotes qui les enchaînaient encore. Son regard perçant a lu dans l'avenir et a aperçu l'aurore de la liberté, de la régénération française, dont il jetait les semences avec autant de soin que de courage.

Il savait que pour qu'un peuple devînt libre il fallait qu'il cessât d'être ignorant ; il savait qu'on n'enchaîne les nations que dans les ténèbres, et que, quand les lumières viennent éclairer la honte de leurs fers, elles rougissent de les porter et veulent les briser ; elles les brisent en effet, car vouloir et faire est la même chose pour une grande nation.

Voltaire écrivit donc l'histoire et l'écrivit, entouré d'esclaves, de censeurs royaux et de despotes, en homme libre et en philosophe courageux. J'emprunterai ici les expressions d'un ami de la liberté, qui le louait, il y a douze ans, comme il faut le louer aujourd'hui, M. Ducis *(Discours de réception à l'Académie française)*.

L'histoire moderne avant lui, vous le savez, messieurs, portait encore l'empreinte de ces temps barbares où les oppresseurs et les tyrans des nations seuls étaient comptés parmi l'espèce humaine, où le peuple et tout ce qui n'était qu'homme n'était rien.

Les gouvernements avaient changé, l'homme était rentré dans une partie de ses droits ; mais l'histoire, frappée encore de l'ancienne servitude, sans faire un pas en avant, semblait restée au siècle de la féodalité; elle n'osait en quelque sorte croire à l'affranchissement du peuple, et le repoussait de ses annales comme autrefois esclave il était repoussé de la cour et des palais de ses tyrans.

C'est M. de Voltaire, messieurs, qui le premier a senti, a marqué la place que la dignité de l'homme devait occuper dans l'histoire; il a donc voulu que l'histoire désormais, au lieu d'être le tableau des cours et des champs de bataille, fût celui des nations, de leurs mœurs, de leurs lois, de leur caractère, et il a lui-même exécuté ce grand projet.

Polybe avait écrit l'histoire guerrière; Tacite et Machiavel, l'histoire politique; Bossuet, l'histoire religieuse; M. de Voltaire écrivit le premier l'histoire philosophique et morale. Aussi cet homme extraordinaire, qui a renouvelé parmi nous presque tous les champs de la littérature, a fait, par son exemple, une révolution dans l'histoire. Hé bien! cette révolution a préparé la nôtre (aux voix! aux voix!). Je ne résiste point à l'impatience de l'Assemblée. Mon amendement n'a sans doute pas besoin d'être motivé; je l'énonce simplement :

Il sera élevé aux frais de la nation une statue a Voltaire.

Cette motion fut adoptée; mais l'Assemblée fit mieux. Elle décréta la translation des cendres de Voltaire au Panthéon. (E. D.)

V

Apothéose de Voltaire[1]

1791

Dimanche, 10 de ce mois, M. le procureur-syndic du département et une députation du corps municipal se sont rendus, savoir : le premier-syndic aux limites du département, et la députation de la municipalité à la barrière de Charenton, pour recevoir le corps de Voltaire[2]. Un char de forme antique portait

[1] L'exhumation de Voltaire avait eu lieu le 9 mai, en présence du clergé, des officiers municipaux et de la garde nationale de Romilly. (E. D.)

[2] « Le convoi funèbre, dit M. Gustave Desnoiresterres, s'était mis en route et le cortége était allé coucher, le 6, à Provins. La seconde station fut à Langis, le 7, le 8 à Guignes, le 9 à Brie-comte-Robert. Il arrivera le lendemain, à Paris, vers les dix heures du soir. Toutes les municipalités riveraines s'empressaient autour du char, que l'on couvrait de couronnes et de fleurs et (ce qui était mieux et plus inattendu) on lui disait des

le sarcophage dans lequel était contenu le cercueil. Des branches de laurier et de chêne, entrelacées de roses, de myrtes et de fleurs des champs, entouraient et ombrageaient le char, sur lequel étaient deux inscriptions ; l'une,

> Si l'homme est créé libre, il doit se gouverner ;

l'autre,

> Si l'homme a des tyrans, il doit les détrôner[1].

Plusieurs députations, tant de la garde nationale que des sociétés patriotiques, formaient un cortége nombreux et ont conduit le corps sur les ruines de la Bastille. On avait élevé une plateforme sur l'emplacement qu'occupait la tour dans laquelle Voltaire fut enfermé. Son cercueil, avant d'y être déposé, a été montré à la foule innombrable des spectateurs qui l'environnaient, et les plus vifs applaudissements ont succédé à ce religieux silence. Des bosquets garnis de

messes. Une lettre du département annonçait, le 9, à l'Assemblée nationale, l'approche du corps, pour le dimanche. Le procureur-syndic et les maires allèrent au-devant de l'auteur de la *Henriade,* le premier aux confins du département, le second aux limites de Paris. Le cortége franchissait les murs à dix heures... *Voltaire et la société au XVIIIe siècle. Retour et mort de Voltaire* (Paris, Didier, 1876), p. 491-492.

[1] Ce vers et celui qui précède commencent un discours sur l'*Envie,* qui est le troisième de ceux que Voltaire a réunis sous le titre de *Discours en vers sur l'homme.*   (E. D.)

verdure couvraient la surface de la Bastille. Avec les pierres provenant de la démolition de cette forteresse, on avait formé un rocher sur le sommet et autour duquel on voyait divers attributs et allégories. On lisait sur une de ces pierres :

> *Reçois en ce lieu où t'enchaîna le despotisme,*
> *Voltaire,*
> *Les honneurs que te rend la patrie.*

La cérémonie de la translation au Panthéon français avait été fixée pour le lundi 11 ; mais une pluie survenue pendant une partie de la nuit et de la matinée avait déterminé d'abord de la remettre au lendemain. Cependant, tout étant préparé et la pluie ayant cessé, on n'a pas cru devoir la retarder ; le cortége s'est mis en marche à deux heures après midi.

Voici l'ordre qui était observé : Un détachement de cavalerie, les sapeurs, les tambours, les canonniers et les jeunes élèves de la garde nationale, la députation des colléges, les sociétés patriotiques, avec diverses devises. On a remarqué celle-ci :

Qui meurt pour sa patrie, meurt toujours content.

Députation nombreuse de tous les bataillons de la garde nationale, groupe armé de forts de la halle. Les portraits en relief de Voltaire, J.-J. Rousseau, Mirabeau et Desilles[1] environnaient le buste de Mirabeau, donné par M. Palloy à la commune d'Argenteuil. Ces bustes étaient entourés des camarades de d'Assas et des citoyens de Varennes et de Nancy. Les ouvriers employés à la démolition de la Bastille, ayant à leur tête M. Palloy, portaient des chaînes, des boulets et des cuirasses trouvés lors de la prise de cette forteresse. Sur un brancard était le *procès-verbal des électeurs de 1789* et l'*insurrection parisienne*, par M. Dussaulx. Les citoyens du faubourg Saint-Antoine, portant le drapeau de la Bastille, avec un plan de cette forteresse représentée en relief, et ayant au milieu d'eux une citoyenne en habit d'amazone, uniforme de la garde nationale, laquelle a assisté au siége de la Bastille et a concouru à sa prise ; un groupe de citoyens armés de piques, dont une était surmontée du bonnet de la liberté et de cette devise : *De ce fer naquit la liberté;* le quatre-vingt-troisième modèle de la Bastille, destiné pour le département de Paris, porté

---

[1] Jeune officier (1767-1790) au royal infanterie qui, lors de la révolte à Nancy des régiments de Mestre de Camp et de Châteauvieux, reçut la mort en se dévouant pour éviter une lutte fratricide entre les rebelles et les troupes de Bouillé, envoyées pour réprimer l'insurrection.   (E. D.)

par les anciens gardes-françaises, revêtus de l'habit
de ce régiment ; la société des Jacobins (on a paru
étonné que cette société n'ait pas été réunie avec les
autres) ; les électeurs de 1789 et de 1790 ; les cent-
suisses et les gardes-suisses ; députation des théâtres
précédant la statue de Voltaire, entourée de pyrami-
des chargées de médaillons portant les titres de ses
principaux ouvrages. La statue d'or, couronnée de
laurier, était portée par des hommes habillés à l'antique. Les académies et les gens de lettres environnaient
un coffre d'or renfermant les soixante-dix volumes de
ses œuvres, donnés par M. Beaumarchais. Députation
des sections, jeunes artistes, gardes nationaux et officiers municipaux de divers lieux du département de
Paris, corps nombreux de musique vocale et instru-
mentale ; venait ensuite le char portant le sarcophage
dans lequel était renfermé le cercueil.

Le haut était surmonté d'un lit funèbre, sur lequel
on voyait le philosophe étendu, et la Renommée lui
posant une couronne sur la tête. Le sarcophage était
orné de ces inscriptions :

Il vengea Calas, La Barre, Sirven et Montbailly.
Poëte, philosophe, historien, il a fait prendre un grand
essor à l'esprit humain et nous a préparés à devenir libres.

Le char était traîné par douze chevaux gris-blanc[1], attelés sur quatre de front et conduits par des hommes vêtus à la manière antique. Immédiatement après le char venaient la députation de l'Assemblée nationale, le département, la municipalité, la cour de cassation, les juges des tribunaux de Paris, les juges de paix, le bataillon des vétérans; un corps de cavalerie fermait la marche.

Le cortége a suivi les boulevards depuis l'emplacement de la Bastille, et s'est arrêté vis-à-vis de l'Opéra[2]. Le buste de Voltaire ornait le frontispice du bâtiment; des festons et des guirlandes de fleurs entouraient des médaillons sur lesquels on lisait : *Pandore, le Temple de la gloire, Samson*. Après que les acteurs eurent couronné la statue et chanté un hymne, on se remit en route et on suivit les boulevards jusqu'à la place Louis XV, le quai de la Conférence, le Pont-Royal[3], le quai Voltaire.

[1] Deux de ces chevaux avaient été offerts par la reine Marie-Antoinette. (E. D.)

[2] L'ancien théâtre de la porte Saint-Martin. (E. D.)

[3] Cette fête avait lieu quinze jours après le retour de Varennes. « Toutes les fenêtres des Tuileries, dit la *Chronique de Paris*, étaient ouvertes et garnies des valets du roi, à l'exception d'une seule, dont la jalousie était fermée, et c'est à travers ce guichet que ce prince et son épouse, glacés sans doute d'épouvante aux

Devant la maison de M. Charles Villette, dans laquelle est déposé le cœur de Voltaire, on avait planté quatre peupliers très élevés, lesquels étaient réunis par des guirlandes de feuilles de chêne, qui formaient une voûte de verdure, au milieu de laquelle il y avait une couronne de roses que l'on a descendue sur le char au moment de son passage. On lisait sur le devant de cette maison :

Son esprit est partout et son cœur est ici.

Mme Villette a posé cette couronne sur la statue d'or. On voyait couler des yeux de cette aimable dame des larmes qui lui étaient arrachées par les souvenirs que lui rappelait cette cérémonie. On avait élevé devant cette maison un amphithéâtre qui était rempli de jeunes demoiselles vêtues de blanc, une guirlande de roses sur la tête, avec une ceinture bleue et une couronne civique à la main. On chanta devant cette maison, au son d'une musique exécutée en partie par des instruments antiques, des strophes d'une ode

fiers accents de la philosophie, du patriotisme et de la liberté qui retentirent de toute part, ont été les témoins des honneurs rendus à un simple citoyen, honneurs que leur liste civile ne pourra jamais leur procurer. » (Mardi, 12 juillet 1791, N° 193, p. 781.)   (E. D.)

de MM. Chénier et Gossec [1], Mme Villette et la famille
Calas ont pris rang. A ce moment, plusieurs autres
dames, vêtues de blanc, de ceintures et rubans aux
trois couleurs, précédaient le char.

[1] Ah ! ce n'est point des pleurs qu'il est temps de répandre ;
C'est le jour du triomphe, et non pas des regrets.
Que nos chants d'allégresse accompagnent la cendre
          Du plus illustre des Français !

Jadis par les tyrans cette cendre exilée,
Au milieu des sanglots fuyait loin de nos yeux :
Mais par un peuple libre aujourd'hui rappelée,
          Elle vient consacrer ces lieux.

Salut, mortel divin, bienfaiteur de la terre ;
Nos murs privés de toi, vont te reconquérir ;
C'est à nous qu'appartient tout ce qui fut Voltaire :
          Nos murs t'ont vu naître et mourir.

Ton souffle créateur nous fit ce que nous sommes :
Reçois le libre encens de la France à genoux ;
Sois désormais le dieu du temple des grands hommes,
          Toi qui les as surpassés tous.

Le flambeau vigilant de ta raison sublime
Sur des prêtres menteurs éclaira les mortels ;
Fléau de ces tyrans, tu découvris l'abîme
          Qu'ils creusaient au pied des autels.

Tes tragiques pinceaux, des demi-dieux du Tibre
Ont su ressusciter les antiques vertus ;
Et la France a conçu le besoin d'être libre
          Aux fiers accents des deux Brutus.

Sur cent tons différents, ta lyre enchanteresse,
Fidèle à la raison comme à l'humanité,
Aux mensonges brillants inventés par la Grèce,
          Unit la simple vérité.

On a fait une autre station au-devant du théâtre de la Nation. Les colonnes de cet édifice étaient décorées de guirlandes de fleurs naturelles. Une riche

Citoyens, courez tous au-devant de Voltaire ;
Il renaît parmi nous, grand, chéri, respecté,
Comme à son dernier jour, ne prêchant à la terre
    Que Dieu seul et la liberté.

Il cherche en vain ces tours, cet enfer du génie,
Dont son aspect deux fois fit le temple des arts ;
La Bastille est tombée avec la tyrannie
    Qui bâtit ses triples remparts.

Il voit ce Champ-de-Mars, où la liberté sainte
De son trône immortel posa les fondements ;
Des Français rassemblés dans cette auguste enceinte
    Il reçoit les seconds serments.

Le Fanatisme impur, cette sanglante idole,
Suit le char du triomphe avec des cris affreux ;
Tels Emile ou César, aux murs du Capitole
    Traînaient les rois vaincus par eux.

Moins belle fut jadis sa dernière victoire,
Lorsqu'au jeu du théâtre un peuple transporté,
A ce vieillard mourant sous le poids de la gloire,
    Décernait l'immortalité.

La Barre, Jean Calas, venez, plaintives ombres,
Innocents condamnés dont il fut le vengeur,
Accourez un moment du fond des rives sombres,
    Joignez-vous au triomphateur.

Chantez, peuples pasteurs, qui des monts helvétiques
Vîtes longtemps planer cet aigle audacieux :
Habitans du Jura, que vos accens rustiques
    Portent sa gloire jusqu'aux cieux.

draperie cachait les entrées ; sur le fronton on lisait cette inscription : *Il fit Irène à quatre-vingt-trois ans.* Sur chacune des colonnes était le titre d'une des piè-

Fils d'Albion, chantez, Américains, Bataves,
Chantez ; de la raison célébrez le soutien :
Ah ! de tous les mortels qui ne sont point esclaves,
       Voltaire est le concitoyen.

Vous, peuples, qu'en secret lasse la tyrannie,
Chantez ; la liberté viendra briser vos fers ;
Sa main dresse en nos murs un hôtel au génie :
       C'est un beau jour pour l'univers.

Dieu des dieux, Roi des rois, Nature, Providence,
Etre seul immuable et seul illimité,
Créateur incréé, suprême Intelligence,
       Bonté, Justice, Eternité,

Tu fis la liberté ; l'homme a fait l'esclavage ;
Mais souvent dans son siècle un mortel inspiré,
Pour les siècles suivans, de ton sublime ouvrage
       Conserve le dépôt sacré.

Dieu de la liberté, chéris toujours la France,
Fertilise nos champs, protége nos remparts ;
Accorde-nous la paix, et l'heureuse abondance,
       Et l'empire immortel des arts.

Donne-nous des vertus, des talents, des lumières,
L'amour de nos devoirs, le respect de nos droits,
Une liberté pure, et des droits tutélaires,
       Et des mœurs dignes de nos lois !

M.-J. Chénier. Hymne sur la translation du corps de Voltaire au Panthéon français, chanté à Paris, le 12 juillet 1791 ; musique de Gossec. *Poésies de M.-J. Chénier* (Bruxelles, Mélines, 1842), pages 227-230.

ces du théâtre de Voltaire, renfermées dans trente-deux médaillons. On avait placé un de ses bustes devant l'ancien emplacement de la Comédie-Française,

— A la même époque on reprit au Théâtre-Français les *Muses rivales* ou l'*Apothéose de Voltaire,* pièce dramatique de La Harpe, déjà jouée en 1779. L'auteur avait ajouté à la scène VIII les vers ci-après, lesquels n'ont pas été reproduits dans ses Œuvres choisies, publiées par Petitot (4 vol. in-8º, Paris 1806). C'est Apollon qui parle :

.. .. Pourriez-vous bien le croire ?
Le fanatisme encor insulte à sa mémoire.
Ce monstre dont sa main renversa les autels,
Veut le punir du bien qu'il a fait aux mortels,
Lui disputer des morts la demeure dernière.
Oui, les tyrans sacrés, qu'il osa mépriser,
Se vengent sur sa cendre. Il est trop vrai, Voltaire
Leur avait arraché l'empire de la terre ;
    On lui défend d'y reposer.
Je vous vois tous frémir de cet indigne outrage,
Nous plaignons un si lâche et si triste esclavage.....
    Rassurez-vous, il doit finir.
Le destin à mes yeux rapproche l'avenir ;
L'avenir m'est présent, et déjà se consomme
L'ouvrage que longtemps prépara ce grand homme.
Vous, enfants du génie, admirez son pouvoir.
Voltaire a, le premier, affranchi la pensée,
Il instruisit la France, à le lire empressée.
La France aux nations a montré leur devoir.
Tous les droits sont remis dans un juste équilibre,
Le peuple est éclairé, l'homme pense, il est libre.
Il rejette ses fers dès qu'il connaît ses droits ;
Il n'a plus de tyrans dès qu'il connaît des lois.

rue des Fossés-Saint-Germain ; il était couronné par
deux génies, et on avait mis au bas cette inscription :
A dix-sept ans il fit Œdipe. On exécuta devant le

> La France est délivrée, elle peut être juste.
> Aux talents bienfaiteurs elle ouvre un temple auguste
> Où ces amis du ciel et de l'humanité
> Reposent dans la gloire et l'immortalité.
> Quel contraste ce jour à nos regards expose !
> L'outrage fut honteux : que le retour est beau !
> Celui qu'on privait d'un tombeau,
> Voltaire obtient l'apothéose :
> Sur un char de triomphe il entre dans Paris.
> Quel appareil pompeux ! quel concours ! la patrie
> L'appelle et tend les bras à cette ombre chérie.
> De la Bastille en poudre il foule les débris.
> Magistrats, citoyens de tous rangs, de tout âge,
> La valeur, la beauté, les arts,
> En foule autour de lui confondent leur hommage.
> Voltaire de sa gloire a rempli ces remparts.
> O Calas ! O Sirven ! Sortez de la poussière :
> Innocents opprimés qu'il servit constamment,
> Pour qui sa voix parla devant l'Europe entière,
> Jouissez encore un moment.
> Vous, serfs du mont Jura, ce jour est votre fête,
> Il adoucit le joug que vous avez porté :
> Il voulut le briser : agitez sur sa tête
> Le bonnet de la liberté !
> Que le Fanatisme rugisse
> Que le Despotisme pâlisse !
> Que de ces deux fléaux l'univers soulagé
> Répète un même cri qui partout retentisse :
> « Le monde est satisfait, le grand homme est vengé ! »

théâtre de la Nation un chœur de l'opéra de *Samson*[1].
Après cette station, le cortége s'est remis en marche,
et est arrivé au Panthéon à dix heures. Le cercueil a
été déposé ; mais il sera incessamment transféré dans
l'église Sainte-Geneviève et sera placé auprès de ceux
de Mirabeau et de Descartes.

Cette cérémonie a été une véritable fête nationale.
Cet hommage rendu aux talents d'un grand homme,
à l'auteur de la *Henriade* et de *Brutus*, a réuni tous
les suffrages. On a cependant remarqué quelques
émissaires répandus dans la foule et qui critiquaient
avec amertume le luxe de ce cortége, mais les raison-
nements des gens sensés les ont bientôt réduits au
silence[2]. Partout on voyait des bustes de Voltaire

[1] Peuple, éveille-toi, romps tes fers,
   La liberté t'appelle.
Peuple fier, tu naquis pour elle ;
Peuple, éveille-toi, romps tes fers.

[2] Lors des préparatifs pour l'apothéose, un groupe de deux
cents personnes au plus, et pour la plupart ecclésiastiques, Jansénistes et curés, avaient protesté dans une pétition contre ce
qu'elles appelaient « le transport de Voltaire ».

« La fidélité de l'histoire nous oblige de dire que les applaudissements qui partaient des beaux hôtels du quai Voltaire
étaient un peu moins vifs que ceux du peuple, qui semblait déi-
fier son libérateur. » *Chronique de Paris*, du mardi 12 juillet
1791, N° 193, p. 782.

..... « Le clergé, résolu à la lutte jusqu'à la dernière heure,
devait se montrer particulièrement implacable contre celui qui

couronnés; on lisait les maximes les plus connues de ses immortels ouvrages. Elles étaient dans la bouche de tout le monde.

Dans toute la longueur de la route que ce superbe cortége a traversée, une foule innombrable de citoyens garnissait les rues, les fenêtres, les toits des

lui avait porté les plus funestes coups. En septembre 1789, Palissot avait sollicité de l'Assemblée qu'elle voulût bien accepter la dédicace de l'édition qu'il préparait des œuvres de Voltaire. Mais un membre du clergé faisait tout aussitôt observer le peu de convenance qu'il y aurait à accepter l'hommage d'œuvres entachées d'impiétés et d'impuretés. Palissot, il est vrai, s'engageait à faire disparaître tout ce qui était une attaque à la religion et aux mœurs. A la bonne heure, mais encore n'y avait-il pas à délibérer sur ce qui n'était qu'en projet. Cet argument de l'abbé Grégoire était appuyé par l'archevêque de Paris, qui finit, toutefois, par convenir qu'une édition expurgée des œuvres de Voltaire ne pourrait être que profitable. Le rapporteur voulut insister, mais sa voix était étouffée, et il fut décrété non-seulement qu'il n'y avait pas lieu à délibérer, mais qu'aucune dédicace ne serait reçue. *a)* Palissot sera plus heureux avec la Convention, à laquelle il faisait accepter l'hommage des vingt premiers volumes de son édition. Mais cinq ans s'étaient alors écoulés, et l'ancienne société s'était effondrée entraînant ses défenseurs avec elle. » *b)* Gustave Desnoiresterres. *Voltaire et la société au XVIIIe siècle. Retour et mort de Voltaire* (Paris, Didier et Ce, 1876), pages 481-482.

a) Condorcet, *Mémoires sur la Révolution française* (Paris, Pouthieu, 1824), T. II, p. 36. *Moniteur universel* du 23 au 25 septembre 1789. Séances des jeudi 24 et vendredi 25 septembre 1789.

b) Ibid., Sextidi, 26 prairial, an II (14 juin 1794). — Le Brun, *Œuvres* (Paris, Nané, 1811), T. IV, p. 284. Lettre de Palissot à Lebrun; messidor, an II (25 juin). (Notes de l'auteur).

12

maisons. Partout le plus grand ordre, aucun accident n'est venu troubler cette fête. Les applaudissements les plus nombreux accueillaient les divers
corps qui composaient la marche. On ne peut trop
louer le zèle et l'intelligence de ceux qui ont ordonné
cette fête. On doit particulièrement des éloges à
MM. David et Cellérier. Le premier leur a fourni les
dessins du char, qui est un modèle du meilleur goût.
Le second s'est distingué par son activité à suivre les
travaux de cette fête et par le talent dont il a fait
preuve dans l'ingénieuse décoration de l'emplacement
de la Bastille.

Le temps, qui avait été très nuageux toute la matinée, a été assez beau tout le temps que le cortége
était en marche, et la pluie n'a commencé qu'au moment où il arrivait à Sainte-Geneviève[1]. Cette fête a
attiré à Paris un grand nombre d'étrangers.

Moniteur du 13 juillet 1791.

---

[1] « On doit bien regretter, dit la *Chronique de Paris*, que le
jour n'ait pas été aussi beau que l'exigeait une pareille fête. Une
partie intéressante du cortége y manquait; si le temps eût été
serein, il devait y avoir une foule de femmes costumées dans
le goût antique, les unes en Muses, les autres en Grâces, etc. »
Du mardi 12 juillet 1791, N° 193, p. 782.

« Voici, dit M. Gustave Desnoiresterres, deux mots bien différents qui peignent, on ne peut mieux, l'état des esprits et des
cœurs, dans cette foule bigarrée, pour laquelle la surexcitation

est devenue déjà un besoin de toutes les heures. Le catafalque
était soutenu par quatre superbes roues de bronze, qui étaient
l'objet de l'admiration générale. « Voilà de bien belles roues »,
dit quelqu'un. — Oui, répondit son voisin, elles écrasent le fanatisme. » C'est le lieu commun de la situation : ce qui suit a
un tout autre caractère ; c'est une note harmonieuse et touchante
au milieu de ces éclats discordants, de ces voix dissonnantes.
Nous avons dit que l'on avait placé sur la façade de la maison
de Villette ce vers à effet : « Son esprit est partout, et son cœur
est ici. » Des femmes du peuple, qui ne savaient pas que le
cœur de Voltaire fût véritablement dans l'hôtel, lisaient sans
trop comprendre l'inscription : « Eh ! dit l'une d'elles, son cœur
c'est Mme de Villette ». Ce mot est d'une délicatesse, d'un sentiment exquis, et il n'y a pas, comme le fait remarquer la *Chronique*, à en faire l'éloge. Ce serait le gâter. » *Voltaire et la société
au XVIIIe siècle. Retour et mort de Voltaire* (Paris, Didier et Ce,
1876), p. 501. (E. D.)

VI

Voltaire à la voirie

1814

...Au commencement de ce siècle, on menait volontiers les enfants voir ces deux tombes[1]. On leur
disait : C'est ici. Cela faisait une forte vision sur leur
esprit. Ils emportaient à jamais dans leur pensée cette
apparition de deux sépulcres côte à côte, l'arche sur-
baissée du caveau, la forme antique de deux monuments revêtus provisoirement de bois peint en marbre, ces deux noms : ROUSSEAU, VOLTAIRE, dans le
crépuscule, et le bras portant un flambeau qui sortait
du tombeau de Jean-Jacques.

Louis XVIII rentra. La restauration des Stuarts
avait arraché du sépulcre Cromwell ; la restaura-

---

[1] Celles de Voltaire et de J.-J. Rousseau.   (E. D.)

tion des Bourbons ne pouvait faire moins pour Voltaire [1].

En mai 1814, une nuit, vers deux heures du matin, un fiacre s'arrêta près de la barrière de la Gare,

[1] Nous croyons devoir placer parallèlement au récit si dramatique de Victor Hugo, un autre récit tout aussi intéressant, des
plus circonstanciés, et qui est du bibliophile Jacob (M. Paul La-
croix). « Aussitôt après la rentrée des Bourbons à Paris, au mois
d'avril 1814, les hommes du parti royaliste qui avaient le plus
contribué à la restauration se préoccupèrent de la sépulture de
Voltaire et regardèrent comme un outrage à la religion la présence du corps de cet excommunié dans une église. Il y eut plusieurs conférences à ce sujet, il y fut décidé qu'on enlèverait
sans bruit et sans scandale les restes mortels du philosophe anti-
chrétien, que la Révolution avait déifié. L'autorité avait été sans
doute prévenue, et quoiqu'elle n'intervint pas dans cette affaire,
on peut croire qu'elle approuva tacitement ce qui se passa sous
la responsabilité de quelques personnes pieuses, qu'on ne nous
a pas nommées. Nous savons seulement que les deux frères
Puymorin étaient du nombre. Il faut supposer que le curé de
Sainte-Geneviève avait des ordres auxquels il dut obéir.

» Une nuit du mois de mai 1814, les ossements de Voltaire et
de Rousseau furent extraits des cercueils de plomb où ils avaient
été enfermés ; on les réunit dans un sac de toile et on les porta
dans un fiacre qui stationnait derrière l'église. Le fiacre s'ébranla
lentement, accompagné de cinq ou six personnes, entre autres
des deux frères Puymorin. On arriva vers deux heures du matin, par des rues désertes, à la barrière de la Gare, vis-à-vis
Bercy. Il y avait là un vaste terrain, entouré d'une clôture en
planches, lequel avait fait partie de l'ancien périmètre de la
Gare qui devait être créée en cet endroit pour servir d'entrepôt
au commerce de la Seine, mais qui n'a jamais existé qu'en projet. Ce terrain, appartenant alors à la ville de Paris, n'avait pas

qui fait face à Bercy, à la porte d'un enclos de planches. Cet enclos entourait un large terrain vague,
réservé pour l'entrepôt projeté, et appartenant à la
ville de Paris. Le fiacre arrivait du Panthéon, et le

encore reçu d'autre destination : les alentours étaient déjà enva-
his par des cabarets et des guinguettes.

» Une ouverture profonde était préparée au milieu de ce terrain vague et abandonné, où d'autres personnages attendaient
l'arrivée de l'étrange convoi de Voltaire et de Rousseau ; on
vida le sac rempli de chaux vive, puis on rejeta la terre par-
dessus, de manière à combler la fosse sur laquelle piétinèrent en
silence les auteurs de cette dernière inhumation de Voltaire. Ils
remontèrent ensuite en voiture, satisfaits d'avoir rempli, selon
eux, un devoir sacré de royalistes et de chrétiens. « Plût à Dieu,
» disait M. de Puymorin, qu'il eût été possible d'ensevelir à
» jamais avec les restes de ces deux philosophes impies et révo-
» lutionnaires, leurs doctrines pernicieuses et leurs détestables
» ouvrages ! » (L'*Intermédiaire des chercheurs et des curieux*, première année (15 février 1864), p. 25, 26. La tombe de Voltaire
a-t-elle été violée en 1814? P.-L. Jacob, bibliophile. Voir pour
d'autres détails racontés par le même écrivain, même année, 28
août, p. 162, 163.)

« Cette question, dit M. Gustave Desnoiresterres, posée par
un érudit dans une publication ouverte à tous les curieux, mais
plus particulièrement, on le comprend, à la spéculation littéraire
et historique, allait bientôt passionner la publicité tout entière,
intéressée à démêler le vrai de l'inexact, dans ce récit que quelques-
uns trouvèrent trop complexe et trop romanesque pour ne pas mettre en défiance. Nous ne parlons pas de ceux qui avaient un motif
de le discréditer, tel que le petit-fils de l'un des acteurs de cette
comédie lugubre. Le baron de Puymorin s'inscrivait en faux,
quant à ses ancêtres, par des arguments tirés du caractère et des
opinions de son grand-père, homme dévoué sans doute à la

cocher avait eu ordre de prendre par les rues les plus
désertes. La clôture de planches s'ouvrit. Quelques
hommes descendirent du fiacre et entrèrent dans l'enclos. Deux d'entre eux portaient un sac. Ils étaient

Restauration, mais esprit modéré, tout à fait incapable d'avoir
trempé dans une telle aventure. Le Bibliophile avait parlé « de
deux frères Puymorin », et M. de Puymorin de 1814 n'avait pas
de frère. C'était là une erreur de détail, qui indiquait au moins
chez le narrateur une infidélité de souvenirs, quoique légère. a)
Etait-ce suffisant pour faire rejeter la totalité du récit d'un narrateur aussi sérieux que loyal et qui savait la portée de sa révé-
lation ? La curiosité publique était éveillée, elle voulait être satisfaite, elle tenait à être fixée, et les divers organes de l'opinion
se mirent en campagne pour trouver le mot de l'étrange énigme.
Les renseignements ne tardaient pas à affluer, mais un peu con-
fus, pris à la légère, de nature à dérouter plutôt qu'à éclairer les
recherches. On voulut faire croire à un malentendu ou à une
mystification ; mais il fallut bien convenir qu'on ne pouvait en
demeurer là, devant des affirmations comme celle que nous
allons reproduire, et qui paraissait dans le *Figaro* du 28 février.
« On avait parlé, dit M. Dupeuty, l'auteur de l'article, de la
» profanation nocturne des cendres de Voltaire, mais la ques-
» tion était restée indécise. Maintenant il n'y a plus à douter :
» elles ne sont plus au Panthéon. Le tombeau, pèlerinage quo-
» tidien des étrangers, et devant lequel des dévots de l'art et de
» l'esprit français s'inclinaient avec émotion, croyant saluer les
» reliques du grand homme, ce tombeau est complétement vide;
» bien plus, on ne sait ce que sont devenues les reliques. »
   » Mais comment était-on si bien instruit, et sur quoi repo-
saient ces affirmations si précises, si sûres d'elles-mêmes ?

a) « J'ai écrit de souvenir, répond à cela le Bibliophile, la note envoyée à l'*Intermédiaire*, et j'y ai fait entrer, par mégarde, deux frères Puymorin, au lieu de cette
simple désignation que j'avais consignée dans mes Mémoires, *les deux Puymorin*.
(Note de l'auteur).

conduits, à ce qu'affirme la tradition, par le marquis de Puymaurin, plus tard député à la Chambre introuvable et directeur de la Monnaie, accompagné de son frère, le comte de Puymaurin. D'autres hommes, plu-

M. Dupeuty ajoutait que, lorsque le cœur de l'auteur de la *Henriade* fut offert à l'Etat, comme revenant légitimement à la Nation, Napoléon III pensa que ce qu'il y avait de plus naturel c'était de le réunir à l'ensemble des dépouilles du poète. Le Panthéon étant rendu au culte, cela ne se pouvait faire sans en référer à l'archevêque de Paris. Mgr Darboy répondit qu'avant de prendre un parti quelconque, il était prudent de vérifier si les cendres de Voltaire étaient encore là, ou si, depuis 1814, il n'y avait plus rien au Panthéon qu'un tombeau vide. L'empereur, étonné, ordonna des fouilles. « Une de ces nuits dernières, » ajoutait M. Dupeuty, on est descendu dans les caveaux du » Panthéon, on a soulevé la pierre qui, selon la croyance popu- ».laire devait recouvrir les cendres de Voltaire, IL N'Y A EN » EFFET PLUS RIEN. Que sont-elles devenues ? » *a)*

» Les violents et les intolérants ne pouvaient admettre que les deux tombeaux de Voltaire et de Rousseau demeurassent à la place que la révolution leur avait assignée dans ce temple trop longtemps profané et rendu, grâce à Dieu, au culte catho-

---

a) Un autre écrivain, M. Auguste Villemot, disait à ce sujet dans la *Nation :* « Maintenant, il semble que cette affaire n'en peut rester là... Le sentiment public demande une réparation... C'est donc à l'opinion de se manifester... » A son tour, l'*Opinion nationale* du 22 avril (1864) s'exprimait en ces termes : « Nous pensons aussi qu'il y a quelque chose à faire pour le sentiment public, et que la France de 89, dont les principes forment la base de la Constitution impériale, aurait le droit de se montrer profondément blessée et d'espérer une légitime satisfaction, s'il est vrai que les restes des grands hommes qu'elle plaça sous la garde et la protection de la reconnaissance nationale n'eussent pas été respectés par la *Terreur blanche*. Ce fut en vertu de deux actes solennels de l'Assemblée constituante que les cendres de Voltaire et de Rousseau reçurent les honneurs du Panthéon. Un décret du 30 mai 1791 les décerna à Voltaire, un second décret du 27 août de la même année les accorda à J.-J. Rousseau... » — « Il est regrettable, ont écrit les annotateurs de l'édition du *Siècle* des Œuvres complètes de Voltaire, qu'on n'ait pas instruit le public du résultat de cet examen ; comme il est regrettable aussi qu'aujourd'hui encore les deux pauvres sarcophages soient chacun enclos dans une sorte de niche en bois, prison moins humide, mais non moins indigne que les caves obscures de la Restauration. (E. D.)

sieurs en soutane, les attendaient. Ils se dirigèrent vers un trou fait au milieu du champ. Ce trou, au dire d'un des assistants, qui a été depuis garçon de cabaret aux Marronniers à la Rapée, était rond et

lique. Le gouvernement, qui pressentait l'effet que produirait sur l'opinion d'une grande partie de la population une complète expulsion, ne consentit ouvertement qu'à un déplacement, et il fut convenu que les deux cercueils seraient transférés au dessous de l'escalier du péristyle..... » *(Voltaire et la société au XVIIIe siècle. Retour et mort de Voltaire* [Paris, Didier et Ce, 1876], pages 520-522.)

Voici le texte même du procès-verbal de transfèrement :

« L'an 1821, le 29 décembre, dix heures du matin, en exécution de la décision de son excellence Monseigneur le ministre de l'intérieur, en date du 25 de ce mois, à nous transmise par M. le conseiller d'Etat, directeur des travaux de Paris, et relative aux dispositions à faire dans la chapelle souterraine de la nouvelle église de Sainte-Geneviève, où se trouvent déposés provisoirement, depuis plusieurs années, les deux sarcophages de Voltaire et de J.-J. Rousseau ; la dite décision portant que M. le maire du douzième arrondissement et le commissaire du quartier Saint-Jaques seront appelés à présider au déplacement de ces deux monuments, qui seront sur-le-champ rétablis dans les deux caveaux d'une salle voûtée qui se trouve à l'extrémité de la principale galerie souterraine, et qu'il sera dressé procès-verbal de cette opération ; — Nous, C.-E. Delvincourt, adjoint au maire du douzième arrondissement, doyen de la faculté de droit, membre de la Légion d'honneur, chancelier de l'ordre Saint-Michel, etc., et M. H.-N. Marrigue, commissaire de police, etc., nous nous sommes transportés en la nouvelle église Sainte-Geneviève, où étant, nous avons trouvé le sieur L.-P. Baltard, architecte de la dite église, et le sieur P.-S.-A. Boucault, inspecteur des travaux, F.-M. Jay, inspecteur-adjoint, et J. Etienne, gardien des souterrains, lequel nous a conduits de suite dans la

ressemblait à un puits perdu. Au fond du trou il y avait de la chaux vive. Ces hommes ne disaient pas un mot, et n'avaient pas de lumière. Le blêmissement du jour éclairait. On ouvrit le sac. Il était plein

chapelle souterraine, dont la porte d'entrée se trouve placée en face des bâtiments du collège Henri IV.

» Le dit sieur Baltard nous a présenté deux sarcophages en menuiserie, que nous avons reconnus pour être ceux de Voltaire et de J.-J. Rousseau, par les emblèmes, bas-reliefs et inscriptions qui les décorent, dont plusieurs sont dégradés par le temps.

» Ayant invité le chef-ouvrier qui accompagnait le dit sieur Baltard à procéder à l'enterrement du sarcophage de Voltaire, qui était posé du côté du Midi, et ayant sa statue en marbre blanc placée en face dans une niche, il a fait renverser ce sarcophage sur le côté, et on a retiré de dedans une caisse de chêne, longue de 1 mètre 92 centimètres, large de 56 centimètres, fermée par deux plates-bandes en fer, formant équerre, et rattachant le dessus aux deux côtés, ainsi que par dix-sept fort clous, les extrémités des côtés de caisse assemblés à queue d'aronde.

» Le sieur Etienne, gardien, *nous a dit* que cette caisse renferme les ossements de Voltaire.

» En conséquence, nous avons reconnu qu'il était impossible, à raison de la dimension, de faire transporter ce sarcophage au travers des galeries souterraines; nous l'avons fait démonter avec soin, et l'avons fait transporter par parties dans la salle voûtée qui se trouve à l'extrémité de la principale galerie souterraine.

» Là, nous l'avons fait remonter, et poser de suite dans le caveau à gauche pratiqué dans la salle, et avons fait replacer dessus, SANS QU'ELLE AIT ÉTÉ OUVERTE, la caisse qui *a été reconnue* pour contenir les ossements de Voltaire..... *a)*

» De tout ce que dessus, nous, etc., avons dressé en triple expédition le présent procès-verbal, que nous avons signé, etc.

a) La suite du procès verbal a trait au sarcophage de J.-J. Rousseau.

d'ossements. C'étaient, pêle-mêle, les os de Jean-Jacques et de Voltaire, qu'on venait de retirer du Panthéon. On approcha l'orifice du sac de l'ouverture du trou et l'on jeta ces os dans cette ombre. Les

» Fait et clos à Paris, les jour, mois et an que dessus, à trois heures de relevée.

» DELVINCOURT. H.-N. MARRIGUE.
BALTARD. BOUCAULT. JAY.
ETIENNE. »

Reprenons maintenant le récit, si plein d'intérêt, de M. Gustave Desnoiresterres : « Des bruits de violation des tombeaux, dit-il, avaient circulé, et c'était le cas ou jamais de leur donner le démenti le plus formel, en constatant l'existence et l'état des deux cadavres. Mais on se fût bien gardé de chercher la lumière, et l'on s'en tint à la simple assurance du gardien, qui déclarait que l'une des caisses renfermait les ossements de Voltaire, et l'autre ceux de Rousseau. Et après ces trop sommaires dispositions on faisait replacer, « sans qu'elle ait été ouverte », la caisse qui avait été reconnue (reconnue est admirable) pour contenir les ossements de l'auteur de la *Henriade*. L'opposition, qui avait l'éveil, jugea l'occasion belle d'intervenir, et Stanislas de Girardin, à propos de la discussion du budget, interpella le ministre à la tribune (25 mars 1822). Après avoir blâmé une ordonnance qui s'attaquait aux cendres de deux grands hommes que la patrie avait déclarés avoir bien mérité d'elle, il se plaignit du silence inqualifiable du ministre à l'égard de rumeurs plus ou moins fondées, mais qui avaient inquiété et alarmé le public. « Je dois, poursuivit-il, comme député de la France, sommer le » ministre de dire enfin ce que ces dépouilles sont devenues; il » en est responsable, non-seulement envers la nation, mais aussi » envers les étrangers, car les hommes de génie ont l'univers » pour patrie..... Au nom de la France, au nom des hommes » éclairés de tous les pays, je demande au ministère de vouloir

deux crânes se heurtèrent; une étincelle, point faite pour être vue par ces hommes, s'échangea sans doute de la tête qui avait fait le *Dictionnaire philosophique* à la tête qui avait fait le *Contrat social*, et les réconcilia.

» bien nous dire enfin où reposent les cendres de Voltaire et de » Rousseau!.... » A cela le ministre répondait que *les deux hommes* qui, par des lois successives, avaient été transférés au Panthéon, avaient été déposés dans les caveaux et qu'ils y étaient encore. « C'est bon à savoir », s'écriait M. de Lameth; *a)* mais le ministre ne disait point si cette assurance était un peu moins illusoire que celle du procès-verbal de la commission, et si, comme elle, il s'en était tenu à l'affirmation du gardien Etienne. Ces paroles ne convainquirent personne, et M. de Montral écrivait, quatre ans plus tard, ces quelques lignes relatives à l'abbaye de Scellières, dans son *Résumé de l'histoire de la Champagne :* « C'est là que furent déposés les restes de Voltaire. On les transporta depuis au Panthéon; ils en ont été enlevés avec ceux de Rousseau, pour être jetés où il a paru convenable aux manœuvres employés pour cette profanation, et sans que personne aujourd'hui puisse indiquer peut-être le lieu qui les recèle. » C'était une accusation directe qui devait être relevée. Elle ne le fut pas. Disons pourtant que l'année suivante, 26 mars 1827, M. de Thury fit établir une double clôture qu'il eut le soin de faire poser en sa présence; ce qui pouvait protéger le cercueil contre les indiscrets mais ne l'empêchait assurément pas d'être vide». *Voltaire et la société au XVIIIme siècle. Retour et mort de Voltaire* [Paris, Didier et Cᵉ, 1876], p. 523-525.

« Les sarcophages restèrent enfouis dans leurs trous jusqu'en 1830. Quand, le 4 septembre de cette année-là, on les sortit de leur prison pour les réinstaller à leur place primitive, ils étaient à moitié pourris, moisis, détruits. On les remit à neuf, mais

a) Moniteur universel, mardi 26 mars 1822. Séance de la Chambre des députés du 25. (Note de l'auteur.)

Quand cela fut fini, quand on eut secoué le sac,
quand on eut vidé Voltaire et Rousseau dans ce trou,
un fossoyeur saisit une pelle, rejeta dans l'ouverture
le tas de terre qui était à côté et combla la fosse. Les

aucune vérification de leur contenu ne fut encore faite alors,
comme l'atteste le procès-verbal suivant. (Les annotateurs de l'é-
dition du *Siècle*) :

« L'an 1830, le 4 septembre, à quatre heures de relevée,
Nous, D.-L.-V. Raffeneau, commissaire de police de la ville de
Paris, quartier Saint-Jacques, etc. En conséquence des instructions en date du 26 août dernier, par lesquelles M. le conseiller
d'Etat préfet de police nous charge de nous concerter avec
MM. les délégués de M. le directeur des travaux publics de
Paris, pour rétablir, conformément aux intentions du ministre
de l'intérieur, à la place qu'ils occupaient précédemment dans la
nef souterraine du Panthéon, les sarcophages de Voltaire et de
Rousseau, qui, en 1821, ont été enlevés et transférés dans les
caveaux situés sous le porche de ce monument, nous nous sommes transportés au Panthéon, où ayant trouvé M. Baltard, architecte de ce monument, spécialement délégué à cet effet par
M. le directeur des travaux publics, nous sommes descendus,
accompagnés du sieur Boucault, inspecteur, dans les galeries
souterraines, et y avons vu deux sarcophages, l'un contenant le
cercueil de Rousseau, placé à la seconde trouée de la galerie du
Nord, et l'autre contenant le cercueil de Voltaire, placé vis-à-
vis, à la seconde trouée du côté du midi.
» M. Baltard nous ayant dit que, d'après les intentions de M.
le directeur des travaux publics, ces deux sarcophages ont été, il
y a peu de jours, retirés des caveaux où ils pourrissaient, et transportés au lieu où ils sont actuellement, et qui est celui où ils
étaient antérieurement à 1821, nous avons procédé à leur examen et nous avons constaté ce qui suit : (Vient l'examen du
cercueil de Rousseau.)
» Le cercueil renfermant les cendres de Voltaire est extérieurement en bois de chêne, parfaitement intact ; deux bandes de

autres piétinèrent dessus pour lui ôter son air de terre fraîchement remuée, un des assistants prit pour sa peine le sac comme le bourreau prend la défroque, on sortit de l'enclos, on referma la porte, on

scellés, que M. Boucault déclare y avoir été apposés en 1821, existent encore, ainsi que les cachets; seulement, la bande placée du côté du midi est légèrement endommagée, mais sans qu'il y ait aucune trace d'effraction. Le sarcophage, également en bois, est aussi très dégradé, mais beaucoup moins cependant que celui de Rousseau, parce qu'il était déposé dans un caveau au midi, où les infiltrations sont moins abondantes et l'humidité moins permanente. Le couvercle est surmonté d'une boule et d'une lyre; presque tous les ornements sont brisés et tombent de vétusté.

» On lit encore sur les côtés de ce sarcophage les inscriptions ci-après, savoir : 1º Sur le petit côté, vers l'est : *Aux mânes de Voltaire. L'Assemblée nationale a décrété, le 30 mai 1791, qu'il avait mérité les honneurs dus aux grands hommes.* 2º Sur celui de l'ouest : *Il défendit Calas, Sirven, de La Barre, Montbailly,* etc. 3º Sur le grand côté, vers le nord : *Poète, historien, philosophe, il agrandit l'esprit humain, et lui apprit qu'il devait être libre.* 4º Sur celui du midi : *Il combattit les athées et les fanatiques, il inspira la tolérance. Il réclama les droits de l'homme contre la servitude de la féodalité.*

» Ensuite du dit examen, nous avons été conduits dans les caveaux où les deux sarcophages avaient été déposés en 1821, et nous sommes assurés que c'est seulement à leur humidité et au défaut d'air que doit être attribué l'état de dégradation des dits sarcophages.

» A cinq heures un quart, les jour et an que donné, a été clos le présent procès-verbal, etc., et nous avons signé, etc.

        » RAFFENEAU. BALTARD. BOUCAULT. »

Le gouvernement de juillet ne fut pas plus franc dans cette triste question des dépouilles de Voltaire que le gouvernement de la Restauration.

« La branche cadette, qui inaugurait un régime plus libéral,

remonta en fiacre, et sans se dire une parole, en hâte, avant que le soleil fût levé, ces hommes s'en allèrent.

VICTOR HUGO. *William Shakespeare* (Paris, librairie internationale, 1864), p. 342-344.

dit M. Gustave Desnoiresterres, n'avait pas les mêmes raisons de se faire inaccessible, et il n'y avait pas à douter qu'elle ne prêtât tout au moins son concours à l'investigation historique. Beuchot, qui travaillait, dès lors, à sa belle édition de Voltaire, s'adressait en 1831 au ministre des travaux publics et lui demandait, au nom de l'érudition, au nom de l'histoire et des lettres, l'autorisation de se présenter au Panthéon et d'y faire toutes les recherches qui pourraient conduire à la vérité, « même l'ouverture du cercueil au lieu contenant ses restes », offrant de prendre à sa charge les frais des fouilles indispensables. M. d'Argout lui faisait répondre par son directeur, M. Hély d'Oissel, qui avait assisté aux premiers déplacements en 1821 et, par conséquent, avait été, lui aussi, édifié par l'honnête gardien, qu'il eût à se tranquilliser, que tout s'était passé en bon ordre, avec toute la régularité désirable, comme il s'en convaincrait par le procès-verbal de la translation, dont il envoyait copie. C'était tout ce qu'on pouvait faire pour lui être agréable. « M. le comte d'Argout n'a pas cru devoir consentir à l'ouverture du cercueil ; mais il me charge de vous annoncer qu'il est exposé aux regards du public dans la nef souterraine du Panthéon. » Il est à croire que M. Beuchot savait cela. Au moins on avait le droit de révoquer en doute une histoire bien vieille, forgée par la mauvaise foi et la passion. L'empereur, en se faisant ouvrir les deux cercueils de Voltaire et de Rousseau, closait le débat : la violation des sépultures devenait un fait acquis. Qu'avait-on fait des ossements des deux philosophes ? A en croire les continuateurs du *Dictionnaire Feller a)* et Michaud,

a) *Dictionnaire historique de Feller*, continué par Henrion, 8ᵉ édition (Paris, 1832), T .I, p. 162.

dans son édition de l'*Abrégé chronologique*, du président Hénault, *a)* les restes de Voltaire et de Rousseau auraient été transportés au Père-Lachaise, le 3 janvier 1822. Mais alors M. de Corbière, en déclarant à la Chambre, le 23 mars, trois mois après, que les cercueils renfermaient leurs dépouilles, faisait donc un audacieux mensonge ? Oui, il faisait un mensonge; mais MM. Henrion et Michaud en faisaient un autre, pour dépister sans doute toute enquête. Les registres du Père-Lachaise sont restés muets. Ce n'est pas là qu'il faut chercher les sérieuses traces de ceux qui écrivirent l'*Essai sur les mœurs* et le *Contrat social*. Mais où pouvaient les transporter des furieux qui n'avaient pas reculé devant la plus lâche, la plus infâme des profanations, si ce n'est à la voirie ? Voltaire aura bien réellement prophétisé la destinée dernière de ses cendres, destinée qu'il essaya de conjurer, au prix souvent de la dignité du caractère : il aura bien positivement été jeté à la voirie, à la honte, il est vrai, d'une époque qui se disait éclairée, charitable, religieuse, et qui ne savait même point pardonner à des tombes. » *(Voltaire et la société au XVIIIe siècle. Retour et mort de Voltaire* [Paris, Didier et Cᵉ, 1876], p. 525-526.)

LE CŒUR DE VOLTAIRE

Après la mort du marquis de Villette (1793), c'est à sa veuve, la *Belle et Bonne* de Voltaire, qu'échut le cœur de ce grand homme, conservé dans une boîte de vermeil. Le dernier marquis de Villette, *b)* à défaut de postérité, institua un évêque de France son légataire universel, mais ce n'était là qu'un fidéi-commis ; le véritable destinataire était le comte de Chambord (3 juin 1859). Le testament fut attaqué par les héritiers naturels du marquis, MM. de Roissy et de Varicourt, et un jugement de la cour d'Amiens (1ᵉʳ août 1861) en prononça l'annulation. « Les reliques

---

a) *Abrégé chronologique* (Paris, 1836), in-8, p. 867. (Note de l'auteur.)

b) Ce dernier marquis de Villette était Voltaire-Villette. Ce prénom de Voltaire lui avait été donné par son père, lors de sa naissance, en novembre 1792. Le patron choisi par Charles Villette, disait le *Moniteur*, a fait des miracles plus certains et plus utiles à l'humanité que les Dominique, les Thomas-d'Aquin, et d'autres inscrits au *Martyrologe (Moniteur universel* du mercredi 7 novembre 1792). (E. D.)

Voltairiennes, dit M. Gustave Desnoiresterres, furent vendues à l'encan sans plus de façon..... Mais le cœur du patriarche de Ferney ? C'est un dépôt qu'on se montrait peu jaloux de joindre à l'actif de la succession, et l'on ne trouva rien de mieux (et rien au fait n'était plus convenable) que de le rendre à l'Etat, dont il était la véritable et naturelle propriété. M. Léon Duval, membre de l'ordre des avocats de la cour, fut chargé par MM. de Roissy de prendre les ordres de l'Empereur, qui décida que le cœur de l'auteur de tant de livres serait recueilli d'une manière définitive par notre bibliothèque nationale, où le ministre de l'instruction publique, M. Duruy, se transportait le 16 décembre 1864, pour le recevoir des mains du célèbre avocat. On constata que le cœur était enfermé dans un récipient en métal doré, sur lequel étaient gravés ces mots : « Le cœur de Voltaire, mort à Paris le XXX mai MDCCLXXVIII. » M. Duruy, en présence de l'administrateur général et des membres du comité consultatif, après avoir accepté ces précieux restes, arrêta qu'ils seraient conservés au département des médailles, jusqu'au moment où l'état d'avancement des travaux permettrait de les installer au premier étage de la rotonde qui se trouve à la jonction des rues de Richelieu et Neuve-des-Petits-Champs. *(Retour et mort de Voltaire.)*   (E. D.)

TABLE DES MATIÈRES

Pages

   I. Départ de Voltaire pour Paris   8

  II. Arrivée à Paris   11

 III. Dernière maladie de Voltaire. Sa mort   52

 IV. Mort de Voltaire (Version de Grimm)   65

  V. Même sujet (Version de Condorcet)   74

 VI. Même sujet (Version du Dr Tronchin)   84

VII. Annonce, par d'Alembert, de la mort de Voltaire
     à Frédéric II   90

VIII. Détails sur la mort de Voltaire (Version de d'Alem-
     bert)   94

     Vers faits à l'occasion de l'arrivée de Voltaire à
     Paris   125

     Histoire posthume de Voltaire   131

   I. Sépulture   133

  II. Testament de Voltaire   147

 III. Cérémonie funèbre en l'honneur de Voltaire, célé-
     brée à la loge maçonnique des Neuf-Sœurs, le
     28 novembre 1778   151

 IV. Les honneurs du Panthéon sont décernés à Vol-
     taire   155

  V. Apothéose de Voltaire   164

 VI. Voltaire à la voirie   180